예배당 순례

기독교의 처음 정신을 지켜가는 예배당과
그곳을 가꾸어온 사람들

†

예배당 순례

서영처 지음

나무옆의자

차례

예배당 순례를 나서며
─예수께서 우셨더라

예수께서 우셨더라(Jesus wept.). 어느 날 무심코 읽은 이 구절에서 멈칫했다. 가슴이 턱 막혔다. 한 번도 이 구절을 특별하게 생각해본 적이 없었다. 그런데 외국어가 주는 낯설음이 나를 깨우쳤다. 예수가 울다니, 예수께서도 나처럼 잘 우는 사람이었다니, 갑자기 가슴이 먹먹해졌다. 뜨거운 눈물이 솟구쳤다. 진한 동질감이 나를 사로잡았다. 새삼스레 예수의 눈물이 위로가 되기 시작했다. 어느새 그분의 눈물이 내 눈물을 닦아주고 내 묵은 슬픔을 도닥거려주고 있었다.

어느 시인은 "눈물은 자기 안의 빙하가 녹는 것이다"고 했다. 눈물은 결빙을 녹이는 것이므로 소통하고 공감하는 계기를 만든다. 잘 우는 사람은 감정이 풍부하고 정서적으로 이물질 제거의 필요성을 많이 느끼는 사람이다. 그런 측면에서 울지 않는 사람은 자기조절을 잘 하거나 냉정한 사람들이라 할 수 있다. 눈물은 천 마디의 말을 함축하는, 말이 미처 미치지 못하는 어떤 절실함을 전달한다. 그래서 종내는 그 귀한 눈물을 무기 삼아 상대를 속이기도 한다.

성경에는 예수가 우는 구절이 자주 나온다. 「마태복음」 26: 37, 「누가복음」 19: 41, 「요한복음」 11: 35, 「히브리서」 5: 7 등. 그중에서도 아끼던 나사로가 죽었다는 소식을 듣고 눈물을 흘리는 모습과 십자가의 고난 전날 괴로워하며 기도하는 모습은 예수도 우리와 다를 바 없는 한갓 인간의 몸을 입은 사람임을 깨닫게 한다.

예배당 순례를 나서기까지 망설임의 시간이 많았다. 괜한 일을 시작한 것이 아닌지 후회도 했다. 착한 사람이 고통을 겪고 못된 사람이 이득을 챙기고, 질시와 반목이 넘쳐 선을 가장한 폭력이 횡횡하고, 종교의 이름으로 테러를 저지르는 옳고 그름이 모호한 세상에서 참된 길을 추구하고 시도하는 것은 어리석은 일로 보였다. 또한 만연한 이기주의와 개인주의가 전쟁의 참상 이상으로 인간과 공동체를 무너뜨리고, 자연파괴와 환경파괴가 재앙의 수준으로 치닫고 있는 세상에서 진정한 내면으로의 성장을 도모하는 것은 하찮고 무의미한 일로 느껴졌다.

하지만 시간이 흐를수록 보이지 않는 곳에 감춰진 것들이 세상을 바꾼다는 사실을 깨달았다. '지식은 최고의 선이고 진리는 최고의 가치이다. 그 밖의 것은 부수적인 것이다'는 슈바이처의 명제가 떠올랐다. 진리에 닿고 싶은 마음의 촛불을 꺼뜨리지 않으려 애쓰며 순례를 이어왔다. 거기에는 이름도 빛도 없는 초라한 예배당과 그곳을 지키며 믿음을 실천해 나가는 소박한 사람들이 있었다. 도시의 화려한 대형교회와 달리 작은 예배당은 하나같이 문을 열어두고 있었다. 경계하거나 용건을 묻는 사람도 없었다. 들어가 잠시 묵상하거나 눈을 감고 앉아 여독을 풀 수도 있었다. 오래된 예배당에서는 한결같은 냄새를 맡을 수 있었다. 사람들이 드나들지 않는 평일의 예배당에는 잘 마른 소나무 향기가 떠다녔다. 예배당에 밴 익숙한 냄새를 맡으며 오랜만에 고향의 예배당에 돌아온 듯한 평화를 느꼈다.

예수가 흘린 눈물에 감화되어 먼 길을 떠나 낯선 곳을 헤맸다. 장거리 운전에 익숙하지 않아 여행은 수년에 걸쳐서 느리게 이루어졌다. 하지만 새로운 목적지를 향해 떠날 때마다 우리 인생 자체가 순례의 길임을 알았다. 그리고 '세계는 말할 수 없이 신비롭고 또 고뇌에 차 있다'는 사실을 깨달았다. 그곳엔 내가 미처 알지 못했던 아름다운 세계가 감춰져 있었다. 물질을 기준으로 재편되는 세상에서도 소유와 소비의 속물적인 삶을 벗어나 본질을 추구하며 살아가는 사람들이 있었다.

이 책은 문학 작품의 배경이 된 예배당을 중심으로 한반도 남단의 제주도에서 북으로는 만주 용정의 명동교회까지 기독교의 처음 정신을 지켜가는 예배당과 그곳을 가꾸어 온 사람들의 이야기를 담았다.

폴 고갱, 〈노아 노아(향기)〉, 1893~94

프롤로그_ 예배당 순례를 나서며 —예수께서 우셨더라

어려운 상황일수록 겸손하고 분수를 지키며 고통 받는 이웃을 위로하고 돕는 일이 종교의 참된 도리이다.

주여
당신은 사람들 가운데로 나를 부르셨습니다.
자, 내가 여기 있나이다.
나는 괴로워하고 사랑하나이다.
―프랑시스 잠, 「기도」, 『프랑시스 잠 시선』(곽광수 옮김, 민음사, 1975) 중에서

1.

나를 키운 것은 주일학교

미당 서정주는 그의 시 「자화상」에서 "나를 키운 건 팔 할이 바람이다"라고 했다. 지난 학기 강의를 맡았던 전공 수업 시간, 학생들에게 이런 질문을 해보았다. 지금의 여러분을 키운 것은 무엇이냐고. 어떤 학생은 책임감, 또 어떤 학생은 성실함이라고 답했다. 내가 지목한 한 학생은 8할이 저항심이었다며 긴 설명을 덧붙였다. 학생들의 재미없는 답을 들으며 어쩌면 이건 나 자신에게 하는 질문이라는 생각을 했다. 아마도 나라면 이런 답을 했으리라. 나를 키운 것은 8할이 주일학교라고.

생각이 여기에 닿고 보니 가슴에서 뭔가 따뜻한 것이 밀려왔다. 작가 로버트 풀검은 '내가 정말 알아야 할 모든 것은 유치원에서 배웠다'고 했지만 나는 가난한 시골 교회의 주일학교에서 다 배웠다. 노래와 율동을 배웠고, 친구들과 함께하는 놀이를 통해 규칙과 규범을 배웠다. 어떻게 살아야 하는지, 무엇이 참이고 거짓인지, 그리고 보이는 것이 아니라 눈에 보이지 않는 변함없는 가치를 추구하고 살아야 한다는 것까지.

주일학교 선생님들은 열성적이었다. 생각해보면 '노란 손수건' 식의 감동 예화로 이루어진 설교가 대부분이었지만 우리는 선생님의 목소리에서 묻어나는 떨림을 통해 이야기에 담긴 의미와 진실에 빨려들어갔다. 예배가 끝나면 반을 나누어 종각 아래 옹기종기 모여 성경 공부를 했다. 따뜻한 봄날에는 예배당 뒷동산 무덤가에 둘러앉아 공부했다. 봄 햇살이 병아리 떼처럼 종종거리며 몰려와 목덜미와 등을 따갑게 쪼아대고, 세상이 너무 환해서 눈이 부셨다. 여자애들은 자욱하게 돋은 양지꽃과 제비꽃을 꺾으며 성경이야기는 듣는 둥 마는 둥 딴전을 피웠고 남자애들은 선생님 몰래 묏등에 올라가다 혼이 나기도 했다.

성경 문답을 하러 오후의 예배당으로 올라가면 사내아이들은 일찌감치 예배당 마당에 모여 꽃 모가지를 꺾어놓거나 아름드리 호두나무에 올라가 잎사귀를 흩뿌리며 어른들의 예배가 끝나기를 기다렸다. 종각에 올라가 줄을 풀고 종 치는 시늉을 하는 아이들도 있었다. 그럴 즈음이면 어김없이 종지기 집사님이 흰 고무신을 끌고 나와 소리를 질렀다. 아이들은 파랗게 질려서 다람쥐처럼 눈망울을 굴리며 사방으로 도망쳤다. 산자락에서 흘러내려오는 물에는 무당개구리가 폴짝거리며 뛰놀고, 예배를 보다 무심코 쳐다본 창밖에는 풀잎이 햇살에 비쳐 투명한 속을 드러내고 있었다.

다시는 없으리, 그토록 행복했던 날

예배당은 산자락에 자리 잡고 있어서 동네 지붕과 마을을 둘러싸고 흐르는 강, 그 너머의 들판과 멀리 아득한 산들까지 훤히 내려다보였다. 돌계단에는 덩굴장미가 아치를 이루었고 호두나무가 하늘에 닿을 듯 서 있었다. 수양버들은 아낌없는 그늘로 지붕을 덮었고 측백나무 울타리는 예배당 주위를 풍성하게 감쌌다. 예배당은 늘 티끌 한 점 없이 깨끗했다. 마루는 걸레질이 잘 되어 반짝거렸고 귀퉁이에는 방석이 높이 쌓여 있었다. 마당에는 빗질 자국이 선명했다. 근처를 지나가다가 언덕 위를 올려다보면 예배당은 늘 고요한 위엄을 갖추고 있었다. 이런 날이면 인적 없는 예배당에 올라가 유리창에 얼굴을 대고 텅 빈 공간의 정적을 엿보곤 했다.

간혹 사내아이들은 기도 시간에 누구는 눈을 감지 않았고 누구는 옆 사람에게 장난을 걸었다고 주일학교 선생님에게 고자질하고 싶어 했다. 그렇다면 고자질하려는 아이 또한 눈을 뜨고 있었다는 것이 아닌가. 함께 놀다가도 속임수를 쓰면 '거짓말하면 지옥 간다'는 말로 종교적 도덕률을 확인시키려 했다.

예수께서 이렇게 말씀하셨다. '너희가 어린아이 같지 않고는 천국에 들어갈 수 없다'고. 내가 아이일 때는 도무지 이 말을 받

　　　　　　　　　1. 나를 키운 것은 주일학교

아들일 수 없었다. 예수님은 아이들이 얼마나 사악한지 모르는가 보다고 생각하며. 어느 날 주일학교 다니는 내 아이가 눈을 동그랗게 뜨고 똑같은 소리를 했다. 거짓말 하면 지옥에 간다고. 나는 아이를 품에 안고 반짝거리는 눈동자를 들여다보았다.

친구들과 강둑을 걸으며 시커멓게 일렁거리는 숲을 올려다보기도 하고, 모래톱이 펼쳐진 강에서 조개와 다슬기를 잡기도 했다. 조개를 줍다가 가랑이 사이로 바라본 세상은 낯설었다. 멀리 읍내가 성경에서 배운 여리고성처럼 견고하고 아득하게 보였다. 그런데 부드럽고 따뜻한 은총 같은 햇살이 우리에게만 비치는 줄 알았는데 낯선 세상에도 환하게 비치고 있는 것이 아닌가. 서운한 감정이 몰려왔다. 그것은 아이가 세계를 인식하는 순간이었다.

그만큼 행복한 날이

다시는 없으리

싸리 빗자루 둘러메고

살금살금 잠자리 쫓다가

얼굴이 발갛게 익어 들어오던 날

여기저기 찾아보아도

먹을 것 없던 날

—심호택, 「그만큼 행복한 날이」, 『하늘밥도둑』(창작과비평사, 1992)

우리들은 자연 속에서 자연이 섭리를 온몸으로 깨달았다. 봄이면 종달새 새끼처럼 보리밭에서 숨바꼭질을 하고, 강둑에 앉아 아카시아 순에서 나오는 진액을 손톱에 바르며 까마득한 미래를 꿈꾸었다. 스케이트를 타고 겨울바람을 등에 받으며 강 하구까지 내려가기도 하고, 덤불에 불을 지펴 머리칼과 속눈썹을 태워먹기도 했다. 자연은 또 다른 학교였다. 세상은 하나로 이어져 있었고, 우리는 자연의 무한한 실체를 느꼈다. 궁핍했지만 행복했다. 사막을 떠나온 유목민이 황량한 사막을 늘 그리워하듯이 팍팍한 도시의 삶에 지칠 때마다 가난했지만 풍요로웠던 유년의 예배당이 그리워진다.

가난한 교회, 가난한 이웃들

그 시절엔 사람들이 쉽게 죽어갔다. 가난해서 병을 키웠고 죽을 지경이 되어도 어찌할 수 없는 운명으로 받아들였다. 교회 마당의 아름드리 수양버들이 가난한 노인의 장례에 쓸 화목으로 잘려 나가기도 했다. 화장이 흔치 않은 때였지만 어려운 사람들은 인가에서 멀리 떨어진 강에서 시신을 태웠다. 봄이면 남풍을 타고 매캐한 냄새가 며칠씩 날아왔다. 사내아이들은 가뭄이 든 강바닥에서 놀다가 재를 뒤져 노잣돈을 주워 오곤 했다.

이따금 인도를 여행한 사람들에게서 강가의 화장의식에 대해 듣곤 한다. 이들은 대부분 인도인의 내세관과 죽음을 대하는 태도에 깊은 감명을 받고 돌아온다. 하지만 나는 이들의 이야기가 새삼스럽지 않다. 그것은 한때 우리 주변 가난한 이웃들의 이야기였으니까.

장례식만큼 결혼식도 흔했다. 예식이 끝나고 흰 한복에 면사포를 쓴 신부와 양복을 입은 신랑이 길게 깔아놓은 흰 옥양목 천을 밟고 나오면 하객들은 반짝이 가루를 뿌리고 오색종이로 만든 고리를 던지며 새로 탄생한 부부를 축하했다. 덩굴장미가 흐드러진 화창한 5월, 창으로 결혼식을 훔쳐보며 언젠가 나도 저렇게 눈부신 신부가 될 수 있을 것이라 생각했다.

가난이 준 상처가 많아 교인들의 신앙은 절실했다. 전기가 없던 시절이었지만 예배당은 늘 사람들로 가득 찼다. 나는 부모님의 손에 이끌려 밤 예배에 따라 다녔다. 그리고 커다란 방석에 누워 찬송가 소리를 자장가 삼아 잠에 빠져들곤 했다. 교인들이 부르는 찬송가는 민요풍의 느리고 시름 깊은 곡조였다. 그들은 종교에 기대어 어려운 시절을 힘겹게 건너고 있었다. 이따금 골동품점에서 산 풍금으로 옛 찬송가를 쳐보고는 한다. 페달이 일으키는 바람 속으로 한 시절이 흑백 무성 영화처럼 떠올랐다 사라진다.

어린이 성가대

초등학교 5학년 때쯤 어린이 성가대가 결성되었다. 어찌 된 일인지 내가 어린이 성가대 반주자가 되었다. 성가대 연습이 있는 날이면 30분 먼저 예배당에 온라가 전기불은 켜고 기다렸다. 대부분의 아이들이 연습시간에 맞춰 왔고 내 지시에 따라 파트 연습과 코러스 연습을 했다. 연습이 끝나면 선생님이 가르쳐주신 성경 구절을 암송하고 헤어졌다. 성경을 외는 아이들의 목소리가 지금도 생생하다.

시와 찬미와 신령한 노래들로 서로 화답하며 너희의 마음으로 주께 노래하며 찬송하며
—「에베소」5: 19

비가 내리는 밤이었다. 검은 우산을 쓰고 산 아래 깜깜한 예배당으로 올라갔다. 아무것도 보이지 않았다. 우뚝 서 있는 종각과 우거진 나무들만 눈에 들어왔다. 돌계단을 올라가는데 산기슭 절개지에서 불빛이 파닥거렸다. 푸른빛이 파닥거릴 때마다 빗물에 젖은 풀잎들이 보였다. 저건 인이 빗줄기에 스쳐 불꽃을 일으키는 거야. 흙속에 묻혀 있던 짐승의 뼈가 빗물에 씻겨서 일어나는 현상이야. 나는 학교에서 배운 과학적 사실을 떠올리며 마음을 추슬렀다.

예배당 문을 힘껏 열고 벽을 더듬었다. 그날따라 스위치가 왜 그리 잡히지 않던지. 어둠 속에서 온몸이 뻣뻣하게 마비되는 것 같았다. 전기가 들어왔다. 천지창조의 날처럼 혼돈 속의 사물들이 한순간 질서를 갖추고 불빛 아래 환하게 펼쳐졌다. 빛 속에서는 두려울 것이 없었다.

이발소 그림

이발소 그림은 1960~70년대 혹은 80년대까지 이발소나 식당 등에서 흔히 보이던 그림이다. 어미 돼지가 새끼들에게 젖을 물리거나 물레방아가 도는 초가집 위에 박이 주렁주렁 열려 있는 풍경, 혹은 일출을 배경으로 돛단배가 출항하는 모습 등을 그린 이 그림들은 예술성은 떨어지지만 척박하던 시절, 다산과 풍요, 행복을 기원하던 대중의 소망을 담았다.

기독교식 이발소 그림도 있다. 옛날 교인들의 집 마루에는 대량 복사한 밀레의 〈만종〉이 흔하게 걸려 있었다. 보아스의 아내 룻의 이야기를 연상시키는 〈이삭줍기〉 그림도 흔했다. 당시 이런 그림은 종교와 크게 상관없이 어느 집에나 심심찮게 걸려 있었다. 밀레의 그림은 파리 근교 바르비종의 풍경을 그린 것이지만 고향의 자연과 어머니의 품이라는 대중정서와 지향욕구를 건드리며 한국인들 사이에서 깊은 공감대를 형성했다.

밀레 그림의 공통분모라고 할 고향은 진정한 거주지를 보여준다는 점에서 종교적 이상향과 비슷한 역할을 했다. 고향은 친밀하고 안정된 공간이며 언젠가 반드시 돌아가야 할 곳이기에 유토피아적 장소로 자리 잡는다. 이것은 기독교 신앙이 추구하는 천국의 모습과도 상통한다. 그런 점에서 밀레의 〈만종〉과 〈이삭줍기〉는 성화나 다를 바 없는 그림이었다.

이 외에도 영국 화가 조슈아 레이놀즈(Joshua Reynolds, 1723~1792)

이반 크람스코이, 〈황야의 예수〉, 1872

의 〈기도하는 사무엘〉이나 사막에서 고뇌하는 예수의 그림이 흔했다. 〈기도하는 사무엘〉은 '오늘도 무사히'라는 표어와 함께 시내버스나 시외버스 운전석 앞에 걸려 있곤 했다. 고뇌하는 예수 그림은 19세기 러시아를 대표하는 화가 이반 크람스코이(Ivan Kramskoy, 1837~1887)의 작품이다. 제목은 '황야의 예수'. 1996년 상트페테르부르크에서 산 도록을 펼쳐놓고 어릴 적 보았던 그림을 다시 찬찬히 뜯어보았다. 풀 한 포기 없는 황야에서 양손을 깍지 끼고 고뇌하며 앉아 있는 맨발의 예수. 일생일대의 시험을 앞에

1. 나를 키운 것은 주일학교

둔 예수의 고독과 초췌하고 어두운 모습이 나이 들어가는 내 눈에 제대로 들어왔다.

성경에서는 예수의 모습을 '흠모할 만한 아름다움'이 없다고 했다. 하지만 대부분의 화가들은 예수를 훤칠한 키의 백인 미남으로 그리고 있다. 크람스코이 또한 예수를 키가 크고 마른 서구형 미남으로 그려놓았다. 그러나 법인류학자들은 예수를 키 150센티미터, 몸무게 50킬로그램 정도의 작고 다부진 체격을 가진 인물로 추정한다. 이들에 따르면 예수는 목수의 아들답게 노동으로 단련된 구릿빛 피부에 목이 굵고 투박한 얼굴을 한 털북숭이일 가능성이 높다. 당시 갈릴리 지방 셈족의 유골과 신약성경의 기록을 토대로 예수의 얼굴을 복원한 결과이다.

다시 산기슭의 예배당으로 올라가 보고 싶다. 하지만 오래전 본당을 신축하면서 옛 건물은 팔려 나가버렸다. 20대 후반 세 살배기 아이의 손을 잡고 올라갔을 때 예배당은 이미 축사로 변해 있었다. 회칠한 벽은 떨어져 나가고 짚을 이겨 만든 흙벽이 그대로 드러났다. 뒤에 다시 찾아갔을 땐 옛날 자취라곤 찾아볼 수 없을 정도로 허물어져 있었다. "내 놀던 옛 동산에 오늘 와 다시 서니, 산천의구(山川依舊)란 말 옛 시인의 허사로고." 이은상의 시와 이 시로 만든 홍난파의 가곡 〈옛 동산에 올라〉가 목구멍으로 뜨겁게 치밀어 올라왔다.

뒷동산에 있던 묘는 그때까지 여전했는데 후에 파묘를 하고 회

앙리 루소, 〈농부가 있는 풍경〉, 1896

장했다는 소식을 들었다. 예전에 묘 주인이 묏등에 올라가 장난
치고 노는 아이들 등살에 이장하려고 점을 봤더니 점쟁이가 "야
야, 노랫소리도 들리고 살 만하다"고 하더니, 멀리 이사를 가 돌
보지 못하는 마음에 다시 점을 봤더니 이번에는 "아이고, 냄새가
지독해서 못 살겠다" 하더라고. 이 이야기를 어머니가 내게 자세
히 들려주었다.

　유년의 예배당을 생각하면 흐뭇해진다. 그곳에는 물질적 풍요
는 없었지만 정신적 풍요로움이 있었다. 배부르고 안락하지는 않
았지만 가난한 대로 담담한 행복을 누렸다. 농담 같은 나날, 어린

　　　　　　　　　　　　　1. 나를 키운 것은 주일학교

시절 예배당 뒷동산으로 피어오르던 흰 구름을 생각한다. 가난했
지만 진정 행복했던 진담의 날들로 돌아가고 싶다.

2.

가난한 종지기의 예배당

안동 일직교회

교인들은 교회당 꽃밭을 마구 밟고 다녔다. 일주일 전에

목사님은 폐렴으로 둘째아이를 잃었다. 장마통에

교인들은 반으로 줄었다. 더구나 그는

큰 소리로 기도하거나 손뼉을 치며

찬송하는 법도 없어

교인들은 주일마다 쑤군거렸다. 학생회 소년들과

목사관 뒤터에 푸성귀를 심다가

저녁 예배에 늦은 적도 있었다

성경이 아니라 생활에 밑줄을 그어야 한다는

그의 말은 집사들 사이에서

맹렬한 분노를 자아냈다. 폐렴으로 아이를 잃자

마을 전체가 은밀히 눈빛을 주고받으며

고개를 끄떡였다. 다음 주에 그는 우리 마을을 떠나야 한다
어두운 천막교회 천장에 늘어진 작은 전구처럼
하늘에는 어느덧 하나둘 맑은 별들이 켜지고
대장장이도 주섬주섬 공구를 챙겨들었다
한참 동안 무엇인가 생각하던 목사님은 그제서야
동네를 향해 천천히 페달을 밟았다, 저녁 공기 속에서
그의 친숙한 얼굴은 어딘지 조금 쓸쓸해 보였다

―기형도, 「우리 동네 목사님」, 『입 속의 검은 잎』(문학과지성사, 1989) 중에서

기형도의 시를 읽으면 가난하고 초라한 시골 예배당이 저절로 떠오른다. 소박한 감동으로 다가와 참된 신앙을 고민하게 만드는 시. 거기엔 나름의 신학적 지향을 지켜 나가며 우울한 세월을 견디는, 어디선가 본 듯한 가난하고 고지식한 목사가 있다.

일직면 조탑리에 교회가 들어선 것은 1953년이다. 일직교회는 동화 작가 권정생(1937~2007)이 16년간 종지기를 했고 그가 죽을 때까지 섬기던 교회이다. 권정생은 찢어지게 가난하지만 따뜻한 마음을 가진 부모 아래서 자랐다. 그의 학력은 초등학교 졸업이 전부이다. 가정 형편 때문에 중학교 진학은 꿈도 꿀 수 없었다. 대신 돈을 벌기 위해 나무장수, 고구마장수, 담배장수, 점원 노릇 등 궂은일을 닥치는 대로 했다. 어린 나이에 시작한 객지 생활로 결핵과 늑막염을 앓았다. 병은 신장결핵, 방광결핵으로 이어져 온몸을 망가뜨렸다. 권정생은 지친 몸으로 잠시 고향에 돌아왔지만

결핵 환자라는 사실이 알려져 여동생의 결혼에 방해가 될까 봐 다시 집을 떠나야 하는 신세가 되었다.

이 시기에 권정생은 인생의 가장 바닥이라 할 수 있는 걸식생활을 시작했다. 그는 거리를 헤매며 인생의 절실한 경험을 했고 이런 경험을 통해 오히려 참다운 인간애가 무엇인지를 뼈저리게 배웠다. 그는 불쌍한 이웃을 돌보는 평범한 사람들을 만났고 그들의 모습에서 진짜 하나님을 발견하기 시작했다. 유리걸식 끝에 그는 고향으로 돌아와 예배당에서 문간방 살이를 시작했다. 일직교회가 폐병 환자를 기꺼이 받아들여 종지기 직분을 맡긴 덕이었다.

문간방의 종지기

그러나 종 치는 일이 쉬운 일은 아니었다. 1년 365일 하루도 빠짐없이 여름엔 새벽 4시, 겨울엔 새벽 5시, 정확한 시간에 종을 쳐야 하고, 수요일, 금요일, 주일예배에도 30분 간격으로 초종과 재종을 쳐서 예배 시간을 알려야 했다. 이 일은 외출이 불가능하고 그 외에도 다른 어떤 이유나 변명이 통하지 않는 보잘것없으나 아주 중요한 일이었다. 그는 병든 몸으로 이 일을 성실하고 영광스럽게 수행했고, 진실한 마음이 통하지 않을까 봐 한겨울에도 장갑을 끼지 않고 맨손으로 종을 쳤다.

산문집 『우리들의 하느님』에서 그는 이렇게 회고한다. "교인들은 모두 가난하고 슬픈 사연들을 지니고 있어서 하느님 앞에 꿇고 엎드려 눈물로 기도를 드렸다. 새벽기도가 끝나 모두 돌아가고 아침 햇살이 창문으로 들어와 비출 때 마룻바닥에는 군데군데 눈물자국이 얼룩져 있었고 그것은 모두가 얼어 있었다."

문간방은 여름에는 덥고 겨울에는 추웠다. 하지만 그가 좋아하는 글을 쓸 수 있고 아이들을 만날 수 있는 공간이었다. 예배당은 낡은 목조 건물이었지만 종각이 있고 마당 가장자리에 플라타너스와 단풍나무, 측백나무가 우거지고 꽃밭과 우물이 있어 소담한 정취를 풍겼다. 그는 이 초라한 예배당을 좋아했다. 주일이면 주일학교 학생들이 150~200명 정도 모여들어 예배당이 북적거렸다. 그의 동화는 예배당에서 이 아이들에게 이야기를 들려주는 일에서 시작되었다.

예배당의 동화 시간

예전엔 어린이 예배에 동화 시간이 있었다. 언제부턴가 권정생이 예배 시간에 동화를 담당하게 되면서 한국 아동문학사에는 놀랍고 새로운 일이 일어나기 시작했다. 권정생은 이 예배당의 동화 시간을 위해 「강아지 똥」, 「몽실 언니」를 비롯한 수많은 작품을 만들었다. 거름이 귀하던 시절 사람들은 일찌감치 일어나 소쿠리에 개똥을 주워 담아 거름에 썼는데 강아지 똥은 작아서 별 쓸모가 없었다. 권정생은 그것을 자신의 모습에 비추어 「강아지 똥」이라는 동화를 썼다. 「몽실 언니」는 한국 전쟁을 배경으로 이

린아이지만 어른 이상의 고난을 온몸으로 겪으며 살아가는 몽실이의 이야기를 담았다. 「몽실 언니」는 개인의 이야기를 넘어서 고난의 시기를 헤쳐온 민족의 이야기이며, 남북한을 편견 없는 따뜻한 시선으로 바라본 평화의 메시지라는 평가를 받았다.

권정생의 동화에 나오는 주인공들은 대부분 힘없고 보잘것없는 존재들이다. 세상에 쓸모없는 것은 없다. 그는 가엾은 존재들이 자기희생을 통해 새로운 생명을 살려내는 모습을 보여주면서 기독교의 참된 정신이 무엇인가를 조용히 드러냈다. 그의 동화를 들으며 주일학교를 다닌 아이들은 지금 어떤 모습으로 살아가고 있을까? 그들의 유년이 부러워진다.

겨울이면 아랫목에 생쥐들이 와서 이불 속에 들어와 잤다. 자다 보면 발가락을 깨물기도 하고 옷 속으로 비집고 겨드랑이까지 파고 들어오기도 했다. 처음 몇 번은 놀라기도 하고 귀찮기도 했지만 지내다 보니 그것들과 정이 들어버려 아예 발치에다 먹을 것을 놓아두고 기다렸다.

—권정생, 「유랑걸식 끝에 교회 문간방으로」, 『우리들의 하느님』(녹색평론사, 1996), 12쪽

어쩌면 권정생이 살았던 모습이 동화보다 더 동화다워 보인다. 그의 의식엔 생명이 있는 것이면 무엇이든 다 귀하고 소중한 것이었다. 차임벨이 나와 더 이상 종지기가 필요 없어질 때까지 권

권정생의 집 앞 곳집 그의 집 마당에는 잡초가 무성하다. 집 앞의 곳집도 무성한 수풀에 둘러싸여 있다.

정생은 종지기 노릇을 했다. 그는 문간방 생활을 정리하고 그동안 받은 인세로 동네 청년들과 함께 빌뱅이 언덕에 작은 오막살이를 지었다. 원래 빌뱅이 언덕은 달을 보고 비는 곳이었다. 여기엔 상여를 보관하는 곳집이 있었다. 권정생은 곳집 옆에다 초라하지만 세상에 하나밖에 없는 자기 집을 지었다. 장소를 고르면서 그가 가장 신경을 쓴 것은 교회가 잘 보이는 곳인가였다.

"이사 온 집이 참 좋습니다. 따뜻하고 조용하고 그리고 마음대로 외로울 수 있고 아플 수 있고 생각에 젖을 수 있습니다." 권정생은 그를 아끼던 이오덕에게 이렇게 편지를 썼다. 그는 죽을 때까지 방 한 칸 부엌 한 칸의 이 집에서 병과 싸우며 동화를 쓰고 아이들을 만났다. 하지만 문간방에 살면서 종을 치고 주일학교 학생들을 가르치던 때가 가장 귀하고 행복한 시간이었다고 말했다.

"집사님, 밤에 혼자 무섭지 않나요?"

그러면 나는 시치미를 뚝 떼고 대답한다.

"무섭지 않다. 혼자가 아니고 내가 가운데 누우면 오른쪽엔 하느님이 눕고 왼쪽엔 예수님이 누워서 꼭 붙어서 잔단다."

아이들은 눈이 땡그랗게 되어서 다시 묻는다.

"진짜예요?"

"그럼 진짜지."

"그럼 자고 나서 하느님하고 예수님은 어디로 가요?"

"하느님은 콩 팔러 가시고 예수님은 산으로 들로 다녀오신단다."

—권정생, 「침묵하는 하느님 앞에서」, 앞의 책, 36~37쪽

빌뱅이 언덕의 오막살이

권정생은 평생을 부끄럼 많은 아이처럼 살았다. 아이들과는 스스럼없이 지냈지만 누군가 밖에서 선생님! 하고 부르면 방 안에서 나오지도 않았다. 하지만 집사님! 경수 집사님! 하고 부르면 얼른 모습을 드러냈다. 경수는 그의 아명이었다. 행여나 모르는 사람이 찾아오기라도 하면 빌뱅이 바위 뒤에 숨어서 나오지 않았다. 근본이 순진하고 착한 데다 오줌주머니를 찬 불편하고 초라

빌뱅이 바위 언덕과 권정생의 집 고개 숙인 해바라기 한 그루와 집의 뒷모습이 그의 모습을 닮았다.

한 모습을 남에게 보이기가 민망했기 때문이었다.

권정생은 50대 중반이 되고서야 의식주 문제가 해결되기 시작했다. 이즈음 그는 이미 아동문학 분야의 베스트셀러 작가가 되어 있었다. 그러나 여전히 초라한 집에서 전과 다름없이 검소하게 생활했다. 전국에서 독자들이 보내오는 토산품들은 늘 이웃에게 나누어주었다. 일직교회 담임 목사는 그를 '빈자의 예수'를 온몸으로 실천해 보여준 사람이라고 했다. 또 권 선생을 만나고부터 많은 것들을 내려놓을 수 있게 되었다고 했다.

권정생의 마당에는 잡초가 무성하다. 집 앞의 곳집도 무성한 수풀에 둘러싸여 있다. 그는 풀 한 포기 잡초 한 그루에도 생명이 있고 이 땅에 온 의미가 있기 때문에 함부로 벨 수 없다고 했다. 그의 집 뒤에는 커다란 고인돌과 빌뱅이 바위언덕이 있다. 고인돌 옆에는 마치 그의 모습처럼 고개 숙인 말라깽이 해바라기 한 그루가 서 있다. 권정생은 내가 죽거든 흔적도 없이 집을 없애고 무덤도 만들지 말고 유골은 빌뱅이 언덕에 뿌려달라고 했다. 그러나 사람들은 그의 자취를 지키고 싶어서 집을 고스란히 보존했다.

권정생의 유골이 뿌려진 빌뱅이 언덕에 올라 마을을 내려다본다. 가까운 시야에 일직교회가 들어온다. 권정생의 삶을 통해 어떻게 살고 어떻게 죽어야 할지에 대한 답을 어느 정도 찾을 수 있을 것 같다. 그의 집을 둘러보니 집에도 뒷모습이라는 것이 있다는 것을 알겠다. 아무것도 없는 밋밋한 슬레이트 지붕과 흙벽, 어쩐지 이 집의 뒷모습이 그의 모습을 고스란히 닮았다는 생각이 든다. 권정생은 병고에 시달리느라 대부분의 시간을 집에서 보냈다. 그를 품고 고락을 같이한 집이 어느새 그와 똑같이 닮은 모습으로 서 있다.

가장 낮은 곳

일직교회를 다녀온 후 권정생의 작품을 다시 읽었다. 그의 동화와 산문은 하나같이 찢어질 듯 가슴 아픈 사연과 눈시울을 뜨겁게 달구는 감동이 있었다. 가난하고 천대받는 사람들은 모두 어디선가 본 듯한 낯익은 얼굴들이었다. 그들의 위축된 모습을 보며 내가 지나온 가장 슬프고 아픈 시간들을 생각했다. 그것은 나의 모습이었고 과거 우리 모두의 모습이었다.

권정생은 가난이 만들어놓은 온갖 불행을 겪으며 가장 낮은 곳에 임하는 예수의 모습을 발견했고 그것을 작품으로 쏟아냈다. 그의 동화는 세상의 가장 미천한 존재들에 대한 애정과 연민을 보여주며 이들을 통해 그리스도의 희생과 사랑을 전하고 있다. 그것은 가장 낮고 천한 자리까지 내려가본 사람만이 가능한 일이다.

노르웨이의 작가이자 노벨문학상 수상자 크누트 함순은 자신이 경험한 굶주림을 바탕으로 장편소설 『굶주림』을 썼다. 『굶주림』은 극단적인 가난 속에서도 미친 듯이 살고자 하는 굶주린 자의 정직한 의지를, 굶주림의 품위 같은 것을 보여주었다. 구원의 손길은 아무 때나 내려오지 않는다. 견딜 만큼 견뎌 더 이상 견딜

일직교회 종탑 권정생이 새벽마다 종을 치던 옛 예배당과 종탑은 모두 철거되고 없다.

수 없을 때에야 구원의 손길은 내려온다. 그러나 정말 도움이 필요한 사람들은 도움을 거절하기도 한다. 가난함 자체로 죄의식을 느끼기도 한다. 때로 굶주림 자체로 굶주림이 정당화된다. 빈곤은 굴욕적이며 비참하고 가혹한 일이다.

그러나 권정생을 작가로 만든 것은 가난과 결핍, 외로움이었다. 궁핍했기에 쓸 것은 더 넘쳤다. 그는 가난을 밑천으로 평생을 쓰는 일에 집중했다. 그는 상한 갈대였으며 꺼져가는 등불이었다. 하지만 하나님은 그를 살려 더 큰 일에 쓰셨다. 권정생은 기독교를 비판하는 글을 많이 썼다. 그는 늘 한국 교회가 예수가 피 흘리고 희생하며 가르친 본질과 멀어지는 것을 경계하고 슬퍼했다.

그것은 깊은 애정과 안타까움에서 나온 것이었다.

가난하지만 가장 부유한 사람

　권정생이 새벽마다 종을 치던 예배당 자리엔 붉은 벽돌로 지은 60여 평의 새 교회가 서 있다. 아쉽게도 옛 예배당과 종탑, 문간방은 모두 철거되고 없다. 그의 흔적을 찾을 만한 옛 예배당의 모습은 아무 데도 남아 있지 않다. 한국 교회는 성장에 치중하느라 과거 역사를 제대로 보존하지 못했다. 더 나은 것을 향해 나아가기에 바빠 과거의 초라한 역사는 쉽게 잊어버렸다. 1960~70년대 새마을운동과 맞물려 낡은 것은 다 버렸다. 전통적인 가치와 문화까지 버렸다. 그것은 청산해야 할 구습이자 미신이며 기독교적이지 못한 것이라고 생각했다. 더구나 시골 교회는 예산상의 이유로 옛 모습을 보존하기가 더 어려웠다. 그리 크지 않은 새 교회의 내부는 소박하고 안정감이 있다. 새로 지었다고 하지만 시골교회 나름의 독특한 냄새가 난다. 어쩐지 이 냄새가 익숙하고 편안하다.

　전국에서 많은 사람들이 권정생의 자취를 찾아 일직교회를 방문한다. 이들의 80퍼센트가 비기독교인이라고 한다. 일직면에서는 이들을 의식해 조탑리 일부를 벽화로 장식했다. 다행히 권정생의 유택만은 최대한 옛 모습을 그대로 보존하고 있다. 봉당의 댓돌을 비롯해 선생이 직접 써서 붙인 문패의 손때 묻은 유품

권정생의 집 봉당, 댓돌과 문패
봉당의 댓돌을 비롯해 선생이
직접 써서 붙인 문패와 손때 묻
은 유품들이 그대로 남아 있다.

들이 그대로 남아 있다. 답사 전날 이런저런 생각으로 잠을 못 이
루었는데 작가의 체취가 남아 있는 집과 교회를 둘러보고 나오니
어느새 피로가 가시고 머릿속이 맑아진다.

　권정생은 평생을 병과 싸우며 힘들게 살았지만 그의 삶은 진정
복되고 행복했다. 빌뱅이 언덕의 손바닥만 한 집에 살았지만 그
는 부유한 사람이었다. 드넓은 세상과 우주를 가슴에 담았고 그
것을 창조한 하나님의 뜻을 누구보다 바르게 읽어냈다. 그리고
누구나 알아들을 수 있는 가장 쉬운 말과 글로 이야기를 썼다. 수

많은 사람들이 그의 작품을 읽고 하나님의 참사랑이 어떤 것인지를 알게 되었고 그분의 진정한 뜻이 어디에 있는지를 느끼게 되었다.

권정생은 월 5만 원으로 살았지만 10억 이상의 인세를 통장에 남겼다. 단편 동화 140편, 장편동화 5편, 소년소설 5편, 동요·동시 100여 편, 산문 150여 편 등에서 해마다 1억 5천만 원 이상의 인세가 들어온다. 그는 이것을 북한과 티베트, 아프리카의 굶주리는 아이들에게 써달라고 당부했다.

불행 또한 행복의 요소

나는 결핍이 인간을 성장시킨다는 말을 믿는 사람이다. 우리가 흔히 아는 베토벤이나 고흐를 비롯해 사기를 쓴 사마천, 주역을 쓴 주나라의 문왕, 병법을 쓴 손자 등 수많은 인물들이 고난과 역경 속에서 위대한 업적을 완수하고 불후의 명작을 남겼다. 인류의 고급문화와 고급예술은 따뜻하고 풍요로운 곳이 아닌 춥고 척박한 환경에서 발생하고 꽃을 피웠다. 문화비평가 제레미 리프킨은 '행복은 공백 상태를 남긴다'고 했다. '행복한 사람은 역사를 만들지 않는다'는 프랑스 속담도 있다. 고난이 인간의 영혼을 치열하게 만드는 것은 사실이다. 그렇다면 굳이 불행이 행복과 상대적인 것이라고 말할 수 있을까. 불행이 인간을 성장시키고 발전시킨다면 그 또한 행복의 중요한 한 요소라고 할 수 있을 것이다.

행복해지고 싶어서 권정생의 삶과 문학을 다시 읽는다. 그는 가을보리처럼 수없이 밟히면서도 혹독한 겨울을 이겨냈고 이러한 과정을 통해 그의 정신은 더 풋풋하고 강인해졌다. 종달새가 보리밭에 새끼를 치고 높이 솟구치며 지저귀듯이 그는 아이들이 마음껏 뛰놀고 감동받을 수 있는 풍요로운 동화의 세계를 펼쳐 나갔다. 그의 작품을 읽을수록 그의 삶이 위로가 된다. 이제까지 행복하지 않았다면 앞으로는 행복할 일만 남아 있다. 그래서 조금 부족한 지금의 모든 것이 감사하다.

권정생의 말처럼 교회는 새삼스레 건축하고 만드는 것이 아니다. 숲과 자연, 온 세계와 온 우주가 하나님의 교회이다.

3.

나주평야를 굽어보다

나주 광암교회

나의 본적은 늦가을 햇볕 쪼이는 마른 잎이다. 밟으면 깨어지는
소리가 난다.

나의 본적은 거대한 계곡이다.

나무 잎새다.

나의 본적은 차원을 넘어다니지 못하는 독수리다.

나의 본적은

몇 사람밖에 안 되는 고장

겨울이 온 교회당 한 모퉁이다

—김종삼, 「나의 본적」, 『김종삼 전집』(권명옥 엮음, 나남출판, 2005) 중에서

전라남도 나주는 생각보다 멀다. 광주로 가는 88고속도로는
확장공사 중이라 지체와 서행을 반복한다. 가도 가도 목적지에

광암교회 너뱅이 들을 내려다보는 언덕 위에 붉은 벽돌로 지은 현대식 교회가 우뚝 서 있다.

쉽사리 닿지 않는다. 그래도 가을 햇살만큼은 눈부시다. 황금 들판과 물들어가는 산들이 끝없이 펼쳐진다. 모처럼 신선한 바깥바람을 쐬며 심호흡을 한다. 동광주에서 나주로, 나주에서 다시 금천면으로. 편의점에서 아르바이트생이 가르쳐주는 대로 울퉁불퉁한 길을 한참 달리자 들판이 내려다보이는 언덕 위에 우뚝 서 있는 광암교회가 보인다.

영산강을 끼고 있는 너뱅이 들판은 우리나라 대표적인 곡창지대 중의 하나이다. 수리 치수 시설이 갖추어져 있지 않던 때에는 홍수와 한발이 극심하게 교차하던 곳이기도 했다. 그래서 영산강 유역의 사람들은 비옥한 평야를 끼고 살면서도 굶주림에서 벗어나지 못했다.

박화성(1903~1988)은 목포 출신으로 우리나라 최초의 여성 소설가이다. 이광수의 추천으로 작가생활을 시작한 그는 일제의 침탈과 가난, 자연재해로 고통 받는 농민들의 삶을 다루며 주목을 받았다. 그의 작품 「한귀(旱鬼)」는 1935년 『조광』에 발표한 것으로 이곳 광암리 사람들의 지독한 가난과 그것에서 벗어나려 몸부림치는 모습을 사실적으로 그렸다. 이 작품의 배경에 광암교회가 있다.

원래 나주는 전남의 중심도시로 각종 농산물의 집하장이면서 서남해안의 교통 중심지 역할을 하는 풍요로운 도시였다. 미국 남장로회 선교부는 유진 벨 목사의 보고를 받은 후 나주에 관심을 가지고 본격적인 선교를 시작하고자 했다. 하지만 유생들과 주민들의 거센 반발로 번번이 목적을 이루지 못하게 되자 나주를 포기하고 대신 자유무역항으로 개항한 목포에 선교부를 설치하고 이곳을 선교 거점도시로 삼았다. 그러나 유진 벨 선교사는 미련을 버릴 수 없어 다시 나주로 와서 예배를 드렸고, 이러한 과정에서 1903년 4월 15일 지역 유지 김치묵 등과 함께 광암리에 광암교회를 창립했다.

기독교의 전개와 근대화

나주가 조금 더 일찍이 기독교를 받아들여 선교의 중심지가 되었다면 전주나 군산, 목포, 광주 이상으로 도시가 발전했을 거라고 광암교회 담임 목사님이 아쉬워한다. 실제로 100여 년 전에는 기독교가 서구의 앞선 과학기술과 교육, 의료를 도입하는 유일한 통로였다. 선교사들에게 개방적이었던 서북, 관서 지방은 일찌감치 교육과 의료 사업을 통해 인적 자본을 축적하면서 민족지도자를 비롯한 수많은 인재와 지식인을 배출했다.

이런 신문 기사를 읽었다. '아시아·태평양 경제·경영사 콘퍼런스'에서 베이징 대학교 옌써(顏色) 교수가 발표해 화제가 된 논문이다. 옌써 교수는 20세기 초 중국에서 기독교 선교가 집중된 지역이 현재 경제발전 성과가 두드러진다며 기독교와 경제발전의 상관관계를 실증적으로 밝혀냈다. 사회주의 국가인 중국 정부의 싱크탱크 역할을 하는 베이징대 교수가 1920년대 기독교 선교가 집중된 지역의 통계와 2000년 당시 사회경제 지수를 활용하여 상관관계를 추적한 것이다. 그는 1920년 중국의 기독교 개종자 분포도와 2000년 중국 1인당 GDP 분포도를 현 단위로 분석해 기독교 선교가 집중된 지역과 경제발전 지역이 겹친다고 밝혔다. 기독교가 낙후 지역 주민들에게 외부 세계를 인식하고 개방적이며 포용적인 태도를 갖게 하여 경제발전에 지대한 영향을 미쳤다는 내용이다.

기독교는 한국의 근대화에도 중요한 역할을 했다. 서구의 근대가 기독교와의 거리두기에서 시작되었다면 한국의 근대는 기독교의 전개와 함께 시작되었다고 해두 과언이 아니다. 또한 한국의 기독교는 하층 민중과 함께했다는 점에서 의미가 크다. 기독교는 주로 미국 선교사를 통해 들어오면서 자연스럽게 청교도 정신을 강조하게 되었고, 술 담배와 축첩, 놀음을 금지했으며 근면 검약하는 생활태도를 권장했다. 기독교를 받아들인 사람들은 '일하지 않는 자는 먹지도 말라'는 바울의 명령에 따라 게으름을 죄악시하며 전통적인 나태에서 일찌감치 벗어날 수 있었다. 특히 축첩 금지는 기독교적 도덕성을 강조하며 일부일처제의 정착과 여성해방의 신호탄이 되었다. 이것은 교회 내에서 전도부인의 활동으로도 이어졌다. 전도부인은 가부장적 사회의 억압을 인식하고 이에서 벗어나 배움을 실현했다. 이들은 선교사 부인들의 조언 아래 복음전파에 대한 열정으로 일찌감치 사회활동을 활발하게 펼치면서 여성으로서 새로운 삶을 개척해 나갈 수 있었다.

막스 베버(Max Weber, 1864~1920)는 『프로테스탄티즘의 윤리와 자본주의 정신』에서 청교도정신이 초기 자본주의 형성에 어떻게 영향을 미쳤는지를 구체적으로 밝힌다. 특히 직업 노동은 구원의 확신에 도달하기 위한 수단과 소명으로서 신성시되었다. 이것은 초기 한국 기독교에도 중대한 영향을 끼쳤으며 상당한 의미를 발생시켰다. 청도교들은 부단한 노동과 철저한 금욕생활을 통해 얻는 부의 축적에 대해서 윤리적인 근거를 마련했다. 이들의 경제관과 근면한 생활 방식은 근대의 교양 있는 시민 계층을 만들어냈다.

너뱅이 들판 우리나라의 대표적인 곡창지대 중 하나이다.

박화성의 「한귀(旱鬼)」

물론 박화성의 작품은 위의 이야기와 다소 거리가 있다. 「한귀」의 주인공 성섭은 교회 설립자 김치묵의 아들인 박화성의 형부를 모델로 한다. 박화성의 언니와 형부는 신식 교육을 받은 인텔리였다. 이들은 결혼 후 광암리에 정착해서 교회 내에 광암학당을 설립하고 아이들과 부녀자들에게 한글을 가르치며 농촌계몽 활동을 펼쳐 나갔다. 한국 기독교가 이룬 대표적인 업적 중의 하나가 한글보급과 문맹퇴치이다. 이 덕택에 초기 교인들 중에도 문맹이 거의 없었다.

「한귀」의 줄거리는 대략 이렇다. 지난해에 홍수로 곡식을 거두지 못한 영산포 사람들에게 올해는 극심한 가뭄이 닥친다. 기우제를 지내느라 금성산 봉우리에 불길이 타오르고 성섭과 동네 사람들은 모를 심은 논에 물을 대려고 웅덩이에 괸 물을 퍼내느라 밤늦도록 고생을 한다. 성섭의 아내는 품앗이 보리방아를 찧어 가족과 보리죽으로 연명한다.

처마에 달아 놓은 희미한 등불 빛에 멍석 위에서 가로 세로 누워 자는 아이들의 똥똥한 검은 배와 엉성한 갈비뼈가 보였다. '뭘을 먹었다고 배들은 저리 똥똥한지.' 성섭은 겉보리섬 위에 꾸기꾸기하게 얹혀 있는 검정 홋이불을 집어 들고 와서 아이들 위에 덮어주었다. 모기 떼가 윙— 하고 나타났다. '못된 놈의 모기 새끼들, 보릿가루 죽이남둥 배부르게 못 먹고 자는 새끼들에게 피를 빨아먹으면 얼마나 먹겠다고 으응.' 그는 마당에 무은 모깃불을 뒤적였다. "불조차 아주 꺼져버렸구만." 그는 성냥을 그어 불을 붙이면서 아이들을 돌아보았다. 갈기갈기 찢어진 홋이불은 아이들이 몸을 뒤칠 때마다 찍— 하고 찢어지는 소리를 냈다.

—박화성, 「한귀」, 『고향 없는 사람들』(푸른사상, 2008), 162~163쪽

성섭은 성실하고 고지식한 신앙인이었다. 그는 아내가 자식 여섯을 제대로 먹이지 못하는 가난을 한탄하며 신을 원망하고 극언을 서슴지 않아도 이해하고 타이른다. 홍수 피해를 입은 뒤 동네에

서는 소작 곡식을 내지 않기로 결의했지만 그는 피해를 입지 않은 자신의 산비탈 논에서 거둔 쌀을 지주에게 가져다 바친다. 남의 것을 탐하지 말라는 성경의 가르침을 실천하려 했기 때문이다.

동네 우물조차 말라가고 가뭄이 심각해지자 성섭도 갈등을 느낀다. 가뭄이 죄 때문이라는 선교사의 말에 농군들이 농기구를 들고 달려들 때도 그는 황급히 농군들을 뜯어말렸다. 그러나 굶주림이 극에 달한 어느 날, 며칠이고 굶은 검둥이가 그의 아이와 아내를 물어뜯고 달아나버리자 성섭은 실성한 사람처럼 외치며 사립문 밖으로 달려 나간다.

「한귀」는 기독교 소설이지만 기독교 세계관의 비현실성을 지적하는 반기독교적 색채가 짙은 작품이다. 사실 이 소설에서 기독교적인 구원은 어디에도 나타나지 않는다. 오히려 기독교적 선이 재앙에 놓인 인간을 구원하지 못하는 현실을 보여주며 독기에 찬 아내를 통해 기독교에 대한 비판의식을 드러낸다. 농군들이 바라는 것은 낮에는 들에 나가 일하고 밤에는 오순도순 밥상에 둘러앉아 정담을 나누는 소박한 삶이다. 그러나 이들의 바람은 착취 계급을 상징하는 자연재앙 아래 연이어 무너진다.

초기 한국 기독교인의 신앙은 맹신적이고 구복적이었다. 작가는 반기독교적 시각을 통해 제도적 폭력과 기독교적 독선을 부정하면서 동시에 민중의 맹목적 신앙을 신랄하게 비판한다. 이성이 없는 신앙은 광기를 낳는다. 그러나 더는 의심할 수 없는 것이 진리이다. 작가는, 극단의 상황에서도 침묵하기만 하는 신을 견디

지 못하고 배교에 이르는 성섭을 통해 스스로 자신을 구해야 한
다는 진리를 전한다.

하늘의 도는 과연 옳은 것인가?

사마천은 『사기열전』에서 천도에 대해 의심을 품는다. '천도시
비(天道是非)'는 사마천이 백이와 숙제의 죽음을 탄식하는 것으로
시작한다. 착한 사람이 곤경에 빠지는 것이 과연 하늘의 도인가?
바르게 사는 사람이 화를 입는다면 천도는 과연 있는 것인가? 오
래전부터 사람들은 권선징악(勸善懲惡)이나 사필귀정(事必歸正), 고
진감래(苦盡甘來) 같은 유구한 말들을 믿어왔다. 과연 착한 사람은
복을 받고 악한 사람은 벌을 받으며, 모든 일은 끝내 올바른 방향
으로 흘러가는 것인가? 숱한 고생과 노력 뒤에는 좋은 날이 분명
오고야 마는 것인가? 현실은 그렇지 않을 때가 더 많다. 천도시비
라는 주제를 가지고 수업 시간에 글쓰기를 한 적이 있다. 학생들
이 쓴 글의 내용은 대략 이랬다.

'우리는 항상 표면적인 것만 보고 선악을 판단한다. 부분을 보고 전
체를 판단하여 하늘의 시비를 가리는 것은 어리석은 일이다. 천도
는 옳고 우리는 그 깊은 뜻을 헤아려야 한다.'

'자신의 성공만을 위해서 달려가는 개인주의와 이기주의가 팽배한

사회에서 착한 삶이 무슨 소용인가. 착한 사람은 우직하고 융통성 없는 바보일 뿐이다.'

'천도시비는 옛말이고 오히려 재물과 권력이 사람의 운명을 결정 짓는다.'

'착한 사람에게 복을 준다는 말은 의심해보아야 한다. 그것은 어불성설이다. 흔히 착한 이들에게 고통을 주는 것은 이들이 누구보다 겸허히 받아들이기에 그런 것이다.'

'천도는 없다. 삶은 스스로 개척해 나가야 한다.'

'온갖 비리를 다 저지르고도 대대손손 부귀영화를 누리는 사람들이 있는가 하면 남을 위해 희생하며 살았지만 끝끝내 남들이 다 누리는 평범한 일상조차 누리지 못하고 생을 마감하는 사람들을 자주 본다. 과연 천도가 옳은 것인가?'

'유혹을 뿌리치고 신념과 정의를 위해 살아가라고 말하기엔 세상이 너무 혹독하다. 그러나 옳은 일을 할 때 진정한 삶의 의미를 찾을 수 있는 것이 아닌가. 스스로에게 충실한 이런 삶이 풍요로운 삶이 아닌가.'

학생들의 생각은 다양하고 놀라운 성찰들이 담겨 있었다. 오래 전에 미국인 랍비가 쓴 『선한 사람들에게 왜 불행이 오는가』라는 책을 읽은 적이 있다. 고통을 겪고 나서 더 품위 있고 지각 있게 행동하는 사람이 있는가 하면, 냉소적으로 변해 주위 사람들과 어울려 정상적인 생활을 하지 못하게 되면서 완전히 무너지는 사람도 있다.

성경에도 천도시비와 같은 이야기가 등장한다. 아브라함과 욥의 이야기이다. 신은 과연 "털 깎인 양에겐 바람을 적게 보내는 것일까?" 늘 고민하는 문제가 이 책을 통해 해결될 수 있을 것이라 믿었다. 하지만 저자는 도리어 독자에게 질문을 하고 있었다. 오히려 학생들의 글이 오래된 고민의 많은 부분을 해소해주었다. 이럴 때 가르치는 것이 곧 배우는 것임을 깨닫는다.

아마도 욥기와 사마천의 천도시비는 선한 사람이 고통 받는 것에 대해 가장 심오한 질문을 던져주는 대표적인 예화일 것이다. 하늘은 스스로 돕는 자를 돕는다. 그리고 우리는 온갖 괴로움과 고통에도 불구하고 하늘이 부르는 날까지 부단히 살아가야 한다.

너뱅이 들의 광암예배당

1930년대 홍수와 연이은 가뭄에 시달리던 너뱅이 들은 세월이 흐르면서 풍요의 땅으로 바뀌었다. 성섭이 다니던 예배당은 마을 가운데 흔적만 남아 있다. 너뱅이 들을 내려다보는 언덕 위에는

광암예배당 낡은 건물을 철거하지 않고 잘 지켜왔다.

붉은 벽돌로 지은 현대식 교회가 우뚝 서 있다. 그 아래에는 「한귀」 이후에 지어진 광암예배당이 퇴락한 채로 남아 있다. 예배당 위로 내려앉은 늦가을 햇살에 황량함이 느껴진다. 낡은 건물을 철거하지 않고 잘 지켜온 것은 여간 대단한 일이 아니다. 앞으로도 복원이라는 이름으로 옛 모습을 훼손하지 않고 잘 보존했으면 좋겠다.

나의 본적은/ 몇 사람밖에 안 되는 고장/ 겨울이 온 교회당 한 모퉁이다.

퇴락한 예배당의 모습을 보고 있으니 김종삼의 시가 저절로 떠오른다. 담임 목사님이 가르쳐준 금성산과 너뱅이 들을 더 가까이 보기 위해 마을 어귀로 내려왔다. 기울어가는 햇살에 비낀 마을과 들판이 평화롭다. 곳곳에 나주의 특산물인 배 밭이 보인다.

가진 게 없을 때 사람의 본모습이 제대로 드러난다고 한다. 절대 기갈과 처참한 궁핍 앞에서 스스로를 조절하고 자기중심을 세운다는 것은 불가능에 가까운 일이다. 살아남아야 하는 생존의 가장 근본적인 욕구 앞에서 비참해지지 않을 영혼이 어디 있겠는가.

절대 가난을 극복한 이 시대는 풍요로움 속의 빈곤이라는 것이 또 있다. 더구나 과학기술의 놀라운 성취에 앞에서 인간은 다시 신과 종교를 부정한다. 과학이야말로 종교를 대신할 새로운 대안이라고 생각하는 사람들도 많다. '신은 인간의 뇌가 시뮬레이션 작용을 일으켜 만들어낸 환상이며 착각이다'라든가 종교를 '단순한 문화적 현상'이나 '다수의 망상'이라고 단정해버리는 시각을 접할 때 한 번쯤 휘청거리지 않은 신앙인은 없을 것이다. 실제로 내 수업을 듣는 한 학생이 얼마 전 나를 찾아왔다. 종교적 신념이 흔들릴까 봐 리처드 도킨스의 책을 읽기가 두렵다고.

누군가 이런 말을 했다. 신이 없다고 믿으며 마음대로 살다가 죽어서 신을 만나는 것보다 신이 있다고 믿으며 바르게 살다가 죽어서 신을 만나지 못하는 편이 훨씬 낫다고.

오후 5시쯤 출발해서 돌아오는 길, 가을이라 해가 순식간에 진다. 어느새 고속도로변의 마을 불빛들이 별처럼 총총 빛나고 있다. 「한귀」 중에서 성섭의 독백 한 구절이 떠오른다. 그는 비가 내리지 않는 마른하늘을 올려다보며 욕을 퍼붓고 저주를 했다. 하지만 80여 년이 지난 이 시대의 독자에겐 성섭의 저주가 그저 멋지고 감각적인 구절로 읽히는 걸 어쩌겠나.

어제 밤에도 총총한 별 하늘을 바라보며 멍석 우에 누워서 살아갈 길을 곰곰이 생각해보느라니 귀신의 눈같이 총총히도 둘려박혀서 반짝반짝 빛에 맑고 맑은 그 하늘이 너무도 밉게 보여서 "엣 빌어먹을 것 천지가 벌떡 뒤집혀서 저놈의 하늘이 땅이 되 버린다면 저 요물 같은 별빛들을 산산이 발로 밟어서 뭉그러터리겠구만."
—박화성, 「한귀」, 앞의 책, 177~178쪽

4.

윤동주의 십자가

명동촌 명동교회

쫓아오던 햇빛인데
지금 교회당 꼭대기
십자가에 걸리었습니다.

첨탑이 저렇게도 높은데
어떻게 올라갈 수 있을까요.

종소리도 들려오지 않는데
휘파람이나 불며 서성거리다가,

괴로웠던 사나이,
행복한 예수·그리스도에게

처럼

십자가가 허락된다면

모가지를 드리우고

꽃처럼 피어나는 피를

어두워가는 하늘 밑에

조용히 흘리겠습니다.

—윤동주, 「십자가」, 『정본 윤동주 전집』(홍장학 엮음, 문학과지성사, 2004)

칼뱅은 세계가 하나님의 거울이며 하나님의 영광의 극장이라고 했다. 이따금 여행을 할 때마다 창가에 앉아서 구름 아래로 펼쳐지는 세계의 오묘함을 다시 발견한다. 나는 지금 상영하고 있는 영화의 등장인물이며 동시에 이 영화를 감상하고 있는 관객이다. 때로는 이 풍경들이 한 편의 우화에 등장하는 배경처럼 느껴지기도 한다. 연변으로 가는 비행기에서 드넓은 만주 벌판을 내려다본다. 산 너머에 산이, 들 너머에 너른 들이 펼쳐지고 건강한 뇌혈관처럼 가늘게 뻗은 소로 사이로 군데군데 마을이 자리 잡고 있다. 구획 정리가 잘 된 들판 위로 구름이 그림자를 드리운다. 저수지가 거울처럼 빛을 반사하고 어디선가 본 듯한 멋진 정경이 끝없이 펼쳐진다.

인천에서 연변까지 두 시간이 순식간에 지나갔다. 세계를 여행하는 것은 그 자체로 창조의 섭리를 찬양하고 기뻐하는 일이다.

창조는 하나님이 자신을 가장 구체적으로 드러내는 방식이다. 모든 예술은 최초의 예술가인 하나님의 무한한 즐거움과 자유를 모방하는 것이다. 우리는 예술을 통해 기쁨과 영감을 얻고 커다란 감동을 받는다. 기계와의 경쟁이 현실화된 시대에 인간 고유의 창의력을 키우는 일은 인간 스스로를 성찰하고 기계의 노예가 되어가는 현실에 저항하는 일이 될 것이다.

성경은 늘 시적이고 음악적인 스타일을 채택한다. 문학과 음악은 하나님의 음성미학을 가장 잘 드러내는 방법이다. 시인 윤동주(1917~1945), 그의 시에도 청년의 고뇌와 번민, 섬세한 목소리가 담겨 있다. 그의 시를 읽다 보면 그의 음성이 나직하게 들려온다. 누군가 낭송하는 윤동주의 시를 귀 기울여 듣다 보면 마음씨 따뜻하고 정갈한 한 청년이 다가온다. 윤동주가 살아 있다면 올해로 만 103세이다. 하지만 누구도 노인이 된 윤동주를 상상하지 않는다. 우리에게 윤동주는 영원히 늙지 않는 청년의 이미지로 각인되어 있다. 그는 시대를 고뇌하는 청년이었으며 대중의 감성 깊은 곳을 자극하는 공감의 시인이자 세대를 넘어 황폐화된 세계 속의 나를 반성하게 하는 순수지향의 시인이다.

수년 전 여름방학, 도서관에서 윤동주 관련 자료들을 찾아 읽다가 감정이 복받쳐 목이 멘 적이 있다. 그의 삶과 시가 지닌 기독교적 염결성과 미학적 진정성이 심금을 울려 나도 모르게 눈물이 흘러내렸다. 코를 훌쩍거리며 읽고 있자니 맞은편 책상의 남학생이 무슨 일인가 하고 나를 쳐다보았다. 공공장소에서 이래서는 안 되겠다 싶어 대충 목록만 챙겨 도서관을 빠져나왔다.

윤동주의 삶과 시를 모르는 사람은 없다. 그에 관한 자료와 출판물이 셀 수 없이 많이 나와 있고 수많은 사람들이 그의 시를 좋아하고 암송한다. 오히려 너무 많이 알려져서 제대로 아는 사람이 드물다. 나 역시 그런 사람 중 하나였다. 그의 삶과 시를 제대로 살펴보려는 마음이 있었지만 늘 급한 일을 핑계로 뒤로 미루었다.

용정시 명동촌

조선족 최 가이드가 버스 안에서 마이크를 잡고 연변 억양으로 윤동주의 「서시」를 낭송해준다. "죽는 날까지 하늘을 우러러/ 한 점 부끄럼이 없기를,/ 잎새에 이는 바람에도/ 나는 괴로워했다." 억양이 다르니 낯설고 생경하게 들린다. 중국 조선족자치주 길림성 연변에서 용정(龍井)시 명동촌(明東村) 명동교회로 가는 길에는 미루나무와 백양나무, 버드나무 가로수들이 줄지어 서 있다. 1970~80년대 한국의 시골 풍경을 보는 듯하다. 명동촌은 천지가 옥수수인 푸르른 들판 가운데 추억처럼 익숙하게 자리 잡고 있다. 마치 어린 시절 뛰어놀던 고향이라도 되는 양.

우리가 도착한 날 명동촌은 무더웠다. 마을 입구 경계석에는 '중국 조선족 애국시인 윤동주 생가'라는 간판이 커다랗게 붙어 있다. 중국은 윤동주를 조선족 애국시인으로 소개하고 ⑪둥구의

윤동주 생가를 알리는 경계석 중국은 윤동주를 조선족 애국시인으로 소개하고 윤동주의 시를 중국어로 번역해 홍보한다.

시를 중국어로 번역해 홍보하고 있다. 윤동주의 시는 대부분 평양 숭실학교와 서울 연희전문학교 재학 중에 쓴 것으로 한국인으로 서의 정체성을 명확히 하고 있지만 중국에서는 윤동주를 중국 소 수민족 시인으로서 여러모로 활용가치가 있다고 판단한 것 같다.

명동촌은 1899년 함경도 회령과 종성에 거주하던 문병규, 김 약연, 남도천, 김하규 가문이 140여 명의 식솔들을 이끌고 두만 강을 건너 이곳 용정에 자리 잡으면서 형성되었다. 이들은 모두 고향에서 서당을 열고 있던 유학자들이었으며 경제 회복, 고토 회복, 구국인재 양성 등의 뚜렷한 목적의식을 가지고 이주를 단 행했다. 이에 따라 토지를 사들이고 정착하는 과정에서 1만 평에

4. 윤동주의 십자가 —명동촌 명동교회

달하는 학전을 최우선으로 떼어 교육기금을 조성했다.

그러나 대부분의 만주 이주자들은 동양척식회사의 토지조사 사업 이후 삶의 터전을 잃고 살길을 찾아 만주나 시베리아 방면으로 이주를 결심한 사람들이었다. 1927년 조선에서 만주 이주자는 100만 명에 달했으며 화전민 수는 102만 명을 웃도는 수준이었다. 조선의 인구 중 가까스로 끼니를 연명하는 세민(細民)과 당장 긴급 구제를 요하는 궁민(窮民), 걸인 등이 전체 인구의 4분의 1을 넘었다. 당시 서울 청량리역 대합실은 북간도 등지로 떠나는 사람들과 그곳으로 흘러갔다가 살 수가 없어 되돌아오는 사람들로 붐볐다. 가난한 소작농은 굶주림과 농채, 병고 등에 시달려 아내나 딸을 유곽이나 청루로 파는 비극적인 사태도 흔하게 일어났다. 유이민 문제는 당시 조선의 핍진한 현실을 가장 적나라하게 드러내는 단면이었다. 이들은 만주에서도 중국인 지주의 수탈과 마적 떼의 횡포, 중국 관헌의 압박, 만주사변 이후 더 극심해진 일제의 가혹행위 등으로 편할 날이 없었다.

윤동주 집안은 일찍이 1886년 기근을 피해 함경도 종성에서 간도의 자동으로 이주했다가 1900년 다시 명동촌으로 옮겼다. 부친을 따라 명동촌에 정착한 윤동주의 아버지 윤영석은 독립운동가이자 교육가이며, 명동학교와 명동교회를 세운 김약연(金躍淵)의 여동생 김용과 결혼하여 1917년 윤동주를 낳았다.

명동촌 명동학교

명동촌은 용암, 장재, 대룡, 영암 등 인근의 여러 마을을 묶은 이름이다. 일찍이 명동촌은 신학문과 기독교를 받아들였으며 만주의 이상촌이라 불릴 정도로 생활 수준이나 교육 수준, 근대적 가치관 등 여러 면에서 앞서 있었다. 김약연, 김학연, 박무림 등은 1906년 이상설, 이동녕이 용정에 세운 서전서숙(瑞甸書塾)을 계승하여 1908년 명동촌에 명동서숙(明東書塾)을 세웠다. 이들은 이주 초부터 여러 집안이 열었던 사숙을 합쳐서 서양식 교육체제를 갖춘, 교육비와 숙식이 무료인 독보적인 한인학교를 설립했고 조선 최고의 교사들을 초빙했다. 명동(明東)은 동쪽의 한반도를 밝히자는 뜻으로 지은 이름이다. 1909년 명동서숙은 명동학교로 이름을 바꾸었다.

명동촌 방문 이후 우연치 않게 연해주 우수리스크에서 이상설 선생의 유허지를 참배할 기회가 있었다. 연해주는 독립운동의 전초기지였다. 1907년 이상설이 고종 황제의 비밀 명을 받아 헤이그 만국평화회의에 참석하기 위해 블라디보스토크로 떠나면서 서전서숙은 재정난에 처하게 되었고, 일제의 감시가 더욱 심해지면서 마침내 문을 닫게 되었다. 명동학교는 개교 의지를 충분히 펼치지도 못한 채 1년 만에 폐교한 서전서숙의 정신을 이어가고자 했다.

우수리스크로 가는 길은 가도 가도 끝이 없는 나무들의 바다였다. 이런 숲이라면 호랑이가 출몰할 수 있겠다는 생각이 들었다. 안내하는 사람의 말에 의하면 불과 몇 해 전 블라디보스토크 시내에 호랑이가 나타나 큰 소동이 벌어진 적이 있었다. 만주와 연해주에서 활동하던 독립운동가들도 호랑이 같은 용맹한 기상을 발휘했다. 이상설 선생의 기념비는 유해가 뿌려진 수이푼 강기슭에 세워져 있다. 우리 일행은 민들레와 자운영을 꺾어 참배했다. 6월 말, 동토의 땅 러시아의 동쪽 끝에도 봄이 무르익어 벌 떼가 잉잉거리고 기념비 근처에선 종달새가 날아오르며 쉴 새 없이 지저귀었다.

명동학교는 서전서숙과 마찬가지로 구국인재 양성을 목적으로 세운 학교였다. 따라서 한국어문과 역사가 중요한 과목이었고 체육수업(군사체육)을 통해 항일무장투쟁을 준비했다. 명동학교는 곧 민족교육의 산실로 자리를 잡았다. 최고의 교사진과 수준 높은 교육으로 명성이 자자해지자 연해주와 함경도 회령 등지에서도 학생들이 모여들었다.

명동촌 명동교회

명동학교와 달리 명동교회는 뜻하지 않은 계기로 세워졌다. 명동학교 교무주임이자 애국비밀결사단체 신민회 회원이던 정재면(1884~1962)은 구국 활동을 위해서는 명동촌과 명동학교에 기독교 교육과 교회 설립이 절실히 필요하다고 느꼈다. 그는 교사직을 걸고 마을 유지들에게 이러한 내용을 강력하게 요청했다. 명동촌은 유학을 숭상하는 전형적인 반촌이었다. 그러나 유림들은 신학문과 민족교육을 위해 세계 열강들이 눈독을 들이고 있는 만주에서 일본의 감시를 어느 정도 따돌리며 구국 활동을 할 수 있는 최상의 방법을 고민했고, 사흘 밤낮에 걸친 격론 끝에 기독교를 받아들이기로 결정했다. 명동촌은 보다 큰 목적을 위해 유구하게 지켜오던 유교적 전통을 하루아침에 버리고 기독교로 집단 개종을 단행했다. 명동촌의 유림들은 실사구시를 추구하는 실학자적 인물들이었다. 이들의 사상적 전환은 당시 유례없는 획기적인 사건이었다.

명동학교 설립 다음해인 1909년, 명동촌에 만주 최초의 조선인 교회 명동교회가 세워졌다. 만주의 정치적 소용돌이 속에서도 명동촌은 신학문과 기독교를 받아들임으로써 여러모로 안정적인 위치를 확보하고 발전을 거듭했다. 명동교회는 설립 초기부터 마을 전체를 규합하는 강습소와 사교장 역할을 하며 명동학교와 마을 주민들을 묶어주는 구심점이 되었다.

명동촌은 명동학교(명동소학교), 명동교회 설립에 이어 1910년에는 명동중학교를 신설하고 1911년에는 북간도에서 처음으로 여학부를 설치했다. 여학교 설립은 당시로서는 매우 이례적인 사건이었다. 여학교가 설립되고 부녀자들이 교회에 출석하면서 명동촌의 여성들은 남성들과 마찬가지로 한자로 된 이름을 정식으로 얻었으며 남자와 동등한 인격체로 대우받게 되었다. 여학교 설립은 명동촌에 신분타파와 남녀평등 사상을 심어주었고, 교육이 이를 실천해 나가는 중심 역할을 수행했다.

명동촌과 명동교회는 만주 지역의 기독교 공동체로서 명동학교 운영과 민족교육, 항일운동의 중심지로 자리를 잡아갔다. 명동촌 주민들에게 신앙과 구국충정은 동일한 것이었다. 신앙은 구국 활동이었고 구국 활동은 곧 신앙이었다. 당시 기와집 막새에 새겨놓은 태극기와 십자가 문양이 지금도 고스란히 남아 그들의 신앙심과 애국심을 증명해주고 있다.

민족지도자와 항일투사의 산실

명동학교는 1200여 명의 졸업생을 배출했다. 명동학교는 만주 지역의 신문화 보급과 민족의식 고취에 앞장섰으며 수많은 항일투사와 지도자를 길러냈다. 명동학교는 철저한 민족교육으로 유명했지만 동시에 연극, 음악, 미술, 문학 등 다양한 문화예술 활동을 장려한 진취적이고 개방적인 학교였다. 시인 윤동주, 독립운동가 송몽규(1917~1945), 영화배우 나운규(1902~1937), 한국인 최초의 조종사 서왈보(1886~1926), 문익환(1918~1994) 목사 등이 명동학교 출신이다. 그러나 명동학교가 배출한 진짜 인물들은 일찌감치 항일운동을 하다가 이름도 빛도 없이 스러져간 애국지사들이라 할 수 있다.

1919년 만주에서 3·13운동을 주도한 이들도 명동학교의 교원들과 학생들이었다. 일제의 철저한 통제로 인해 조선에서 일어난 3·1운동이 만주에 알려지기까지는 시간이 걸렸다. 조선에서 들여오는 물건을 포장한 신문지를 통해 기사를 접하면서 3·1운동은 만주에 본격적으로 알려지게 되었다. 3·13 시위 사건 후 명동학교 교원들과 학생들은 충렬대를 조직해 군자금을 모으고 무장투쟁을 준비했다.

간도국민회(1914년 북간도 지역에서 결성한 독립운동단체)의 중심인물 대부분이 명동학교 출신이다. 1920년 1월 4일 '15만원 탈취사건'을 일으킨 철혈광복단원 역시 모두 명동촌 명동학교 출신이었다. 15만원은 당시 만주의 독립군 전체를 무장시킬 수 있는 거액의 돈이었다. 이들은 만주철도 건설자금을 수송하던 일본 조선은행의 마차를 탈취해 '15만원 탈취'에 성공한 뒤 러시아 블라디보스토크로 건너가 무기를 구입할 예정이었다. 당시 블라디보스토크는 러일 전쟁에 패한 러시아군으로부터 무기를 구입하기가 비교적 용이했다. 그러나 이들은 변절한 스파이의 밀고로 37일 만에 체포당해 서울로 압송되었고 이듬해 형장의 이슬로 사라졌다. 이 사건은 항일무장투쟁에 대한 확신과 자신감을 심어주었고, 봉오동 전투와 청산리 전투로 이어지는 항일투쟁에 중대한 교두보가 되었다.

만주 지역의 독립군은 대내외적으로 일본에 가장 위협적인 존재였다. 3·1운동을 계기로 만주와 두만강, 압록강 접경 지역에서 독립군의 무장항쟁이 활발하게 전개되자 위협을 느낀 일본군은

대성중학교 만주의 민족학교는 항일무장투쟁의 근거지였다.

훈춘 사건(일제가 간도 지역 독립군을 토벌하기 위해 마적단을 매수해 일본영사관
을 습격하게 한 뒤 이를 구실로 몇 달에 걸쳐 만주의 조선인 3만여 명을 학살한 사건)

을 조작하고 봉오동 전투와 청산리 전투에 대패한 데 대한 보복으
로 독립군의 근거지를 소탕하는 작전에 돌입했다. 일본군은 곳곳
에 흩어져 있던 한인 촌락에 들이닥쳐 3500여 채의 민가와 60여
개의 학교, 20여 곳의 교회를 불태우고 주민들을 닥치는 대로 학
살했다. 이른바 경신참변 혹은 간도학살이라 불리는 사건이다.

명동, 정동, 창동, 광성, 은진, 대성, 동흥학교 등 만주의 민족학
교와 만주의 조선 사회는 항일무장투쟁의 근거지였다. 일본군은
명동촌에도 쳐들어와 수색을 한 뒤 명동학교와 명동교회를 비롯

명동교회 외관과 내부
만주 한인 사회의 중심에 있던
옛 명동교회의 흔적은 이제 찾
기 어렵다.

4. 윤동주의 십자가 ─명동촌 명동교회

해 민가 20여 호를 불태우고 항일운동을 한 주민 10여 명을 살해했다. 명동학교 교장과 주민 90여 명은 체포되었다. 명동학교 측은 임시교사를 짓고 교육을 이어갔지만 일제의 탄압과 흉년이 겹치면서 재정난을 이기지 못해 중등과정은 1925년 은진중학교와 통합하며 문을 닫았고, 명동소학교는 1930년대 초까지 명동교회가 운영하며 명맥을 유지했다.

명동학교와 명동교회는 근대적인 민족교육과 애국운동을 통해 독립운동과 항일투쟁의 역량을 축적하는 중심 역할을 수행했다. 그들의 노고와 희생이 바탕이 되어 우리는 지금의 평화와 안정을 누린다. 현장을 돌아보고 나니 민족의 비극을 딛고 이루어낸 역사가 생각할수록 감개무량하다. 그리고 이 시대를 살고 있는 우리가 감당해야 할 사명은 무엇인지 자꾸만 현재를 살펴보게 된다.

흰 뫼가 우뚝하고 은택이 호대한

한배검이 끼치신 이 터에

그 세워 크신 뜻

넓히고 기르는 나의 명동

웅장한 조상 피 이 속에 흐르니

아무런 일 겁낼 것 없구나

정신은 자유요

의기가 용감한 나의 명동
―명동학교 교가

이제 명동교회는 더 이상 예배 처소가 아니다. 교회당 꼭대기의 십자가는 오래전에 철거되었고 예배당 안에는 새로 만든 듯한 십자가 휘장만 남아 있다. 천장은 내려앉고 회벽은 갈라지고 기도실은 먼지 속에 방치되어 만주 한인 사회의 중심에 있던 옛 명동교회의 흔적을 찾기가 어렵다. 예배당 정문 앞에는 큰 느릅나무가 있었다. 일본군은 독립군을 잡을 때마다 전시효과를 노리고 느릅나무에다 독립군의 시신을 매달았다. 지금 나무는 잘려 나가 없고 밑동만 남아 있다. 피에 절은 듯 밑동이 시커멓다.

윤동주 생가와 묘소

명동교회에서 윤동주 생가는 지척이다. 생가로 가는 길에는 중국어로 번역한 윤동주의 시비들이 빈틈없이 놓여 있다. 생가는 5칸 겹집으로 집 안에 부엌과 외양간이 있는 전형적인 북방식 주택이다. 용정시가 명동교회와 윤동주 생가 일대를 관광지로 조성하면서 중국식 치장을 해놓아 본래의 소박한 모습은 사라지고 없다.

윤동주와 사촌 송몽규의 묘는 사방이 탁 트인 풍광 좋은 산언덕에 자리 잡고 있다. 볕이 좋아 꽃과 풀벌레들이 무성하다. 여름

윤동주 생가와 묘소 윤동주는 그가 쓴 시처럼 살았고 그가 쓴 시처럼 죽었다

묘지라 그런지 풍요롭다는 생각까지 든다. 최근에는 용정중학교에서 전적으로 책임을 지고 윤동주와 송몽규의 묘를 돌본다고 한다. 해마다 청명 후에는 가토를 하고 추석에는 차례를 지낸다.

윤동주는 그가 쓴 시처럼 살았고 그가 쓴 시처럼 죽었다. 그는 명동학교 선배와 동기들처럼 독립군이 되어 항일투쟁에 가담하지는 않았지만 그렇게 하지 못한 데 대한 고뇌와 참회 속에 살았고, 시인의 양심이 원하던 대로 후쿠오카 형무소에서 광복을 몇 달 앞두고 죽었다. 지금도 그의 안타까운 죽음에 대한 의혹이 크다. 하지만 아직도 구체적으로 규명된 것은 없는 상황이다. 윤동주의 「십자가」를 다시 읽는다. 어쩐지 그 사나이가 가엾어진다. 어쩐지 그 사나이가 그리워진다.

윤동주의 청년정신은 하나의 문화 브랜드로 자리 잡아가고 있다. 쿠바의 혁명가 체 게바라가 본질과 상관없이 도발적이고 성적인 이미지로 소비되듯이, 윤동주의 맑고 서정적인 이미지가 상업적으로 남용된다면 이에 대한 경계는 필요하다. 요절한 시인이 지닌 미완의 가능성이 지나치게 미화되고 과장되는 부분 또한 경계할 필요가 있다. 민족의 험난한 수난을 외면하며 묵묵부답하는 하나님을 향해 분노하고 자학하는 시인의 시가 떠오른다. 그의 절망이 가슴 깊숙이 와 닿는다.

명동촌은 만주에서 가장 유서 깊은 조선인 마을이었지만 지금은 40여 가구만 남아 농업에 종사하고 있다. 학교가 문을 닫아 정신적으로나 경제적으로 옛날만큼 풍요롭지는 못하다. 하지만 용

윤동주 생가의 굴뚝

산골짜기 오막살이 낮은 굴뚝엔/ 몽긔몽긔 웬 내굴 대낮에 솟나.// 감자를 굽는 게지, 총각 애들이/ 깜빡깜빡 검은 눈이 모여 앉아서,/ 입술에 꺼멓게 숯을 바르고,/ 옛이야기 한 커리에 감자 하나씩.// 산골짜기 오막살이 낮은 굴뚝엔/ 살랑살랑 솟아나네 감자 굽는 내.

—윤동주「굴뚝」알일 채

정의 조선족 어린이들은 여전히 민족시인 윤동주의 시를 배우고
있었다. 용정 시내 도서관 앞에서 용정 어린이들이 멀리서 온 우
리를 위해 윤동주의 시와 동시 수십 편을 암송해주었다. 시의 내
용과 의미를 담은 율동을 곁들이며. 아이들이 큰 소리로 낭송하
던 소리가 돌아오고 나서도 한동안 귀에 쟁쟁했다. 다시 가서 용
정 곳곳과 명동촌 구석구석에 쌓인 역사와 후손들의 이야기를 찬
찬히 들어보고 싶다.

  슬퍼하는 자는 복이 있나니
  슬퍼하는 자는 복이 있나니
  슬퍼하는 자는 복이 있나니
  슬퍼하는 자는 복이 있나니
  슬퍼하는 자는 복이 있나니
  슬퍼하는 자는 복이 있나니
  슬퍼하는 자는 복이 있나니
  슬퍼하는 자는 복이 있나니
  저희가 영원히 슬플 것이오.
  —윤동주, 「팔복(八福)—마태복음 5장 3–12」, 앞의 책

4. 윤동주의 십자가 —명동촌 명동교회

5.

양동마을의 엎드린 교회

양동교회

나는 지금, 장난꾸러기들의 조롱을 받으며

고개를 숙이는

무거운 짐을 진 당나귀처럼 길을 가고 있습니다.

당신이 원하시는 때에

당신이 원하시는 곳으로

나는 가겠나이다.

삼종의 종소리가 웁니다.

—프랑시스 잠, 「기도」, 『프랑시스 잠 시선』(곽광수 옮김, 민음사, 1975) 중에서

오랫동안 유적답사 모임에 다녔다. 답사 차 양동마을에 여러 차례 갔다. 갈 때마다 민속마을 한가운데 서 있는 작은 예배당과 종탑을 보았다. 지은 지 50~60년은 족히 된 붉은 슬레이트 지붕

의 낡은 건물은 마을의 풍광 속에 섞여 쉽게 눈에 띄지 않았다. 한눈에 알아볼 수 있을 만큼 도드라진 건물이 아니었다. 낡은 교회는 그 자체로 마을의 오래된 역사와 민속성을 보여주는 듯했다. 하지만 그것은 나만의 생각이었다. 다른 사람들은 예배당 건물을 눈에 거슬려했다. 마을 경관을 해친다, 하루 속히 철거해야 한다, 옮겨야 한다, 민속마을에 교회 건물이 웬 말이냐, 등등의 말이 오갔다. 많은 사람들이 외래종교인 기독교의 예배당이 양동마을 한가운데 서 있는 것에 대해 심한 거부감을 느끼고 있었다.

시간이 지나 우연찮은 기회에 양동교회가 헐리고 관광객의 눈에 띄지 않는 마을 어귀로 이전했다는 소식을 들었다. 그랬다. 얼마 전 가족들과 양동마을을 다시 찾았을 때는 짚어 말할 수는 없었지만 무엇이 하나 빠진 듯 시선이 허전했다. 예배당이 사라져버렸다. 그렇다면 그때 그 시절엔 완고한 어른들의 허락과 동의 없이 어떻게 마을 안에 예배당이 버젓이 세워질 수 있었던 것일까?

양동마을 가는 길

양동마을이 있는 경주시 안강면으로 가는 고속도로변에는 살찐 능선이 굽이굽이 펼쳐져 있다. 가을이 무르익었다. 포항으로 가는 고속도로는 교각을 세워 만든 덕에 시야가 높아 사방이 한눈에 들어온다. 속도를 내면 공중으로 떠가는 기분이 든다. 우리나라 산은 녹화가 성공적으로 이루어져 유럽이나 미국의 여느 산 못지않게 산림이 풍성하다. 산봉우리는 언덕 위에 느긋하게 앉아 사방을 굽어보는 맹수의 등허리처럼 윤기가 흐른다. 한눈으로 도로를 주시하며 한눈으로는 산의 위용을 훔쳐본다. 맹수가 곧 갈기를 털며 일어나 크게 한번 포효할 것 같다.

글을 써야 한다는 의무감으로 차를 몰고 나섰지만 탁 트인 자연 속에 들어서니 기분이 한결 상쾌해진다. 창문을 열고 심호흡을 한다. 맑은 공기를 가슴 깊숙이 들이마신다. 모처럼 직장과 집을 벗어나 화려하게 펼쳐진 가을 산속을 달린다. 우거진 삼림, 단풍이 절정을 이룬 산, 온갖 다양한 빛깔을 뿜어내고 있는 이 산들도 양동마을만큼이나 의미 있는 우리의 자연 유산이 아닌가.

평일이지만 양동마을에는 단체 관광객을 태우고 온 버스가 즐비하다. 주차장에서 교회가 이전한 곳을 물으니 친절하게 가르쳐 준다. 양동마을은 전형적인 배산임수 지형으로, 마을 뒤로는 낮은 산이 누워 있고 앞으로는 누렇게 익어가는 문전옥답이 펼쳐져 있다. 강둑을 따라 천천히 달리다 보니 도로 오른쪽에 키를 낮춘 지붕이 보인다.

엎드린 예배당

양동교회는 굳이 찾지 않으면 보이지 않는 곳에 자리 잡고 있다. 민속마을이라는 점을 감안해 최대한 건물이 드러나지 않게 지었다. 다분히 의도적이다. 마을 입구 주차장 뒤편, 초등학교 옆에 몸을 낮추고 조용히 앉아 있는 건물이다. 반지하, 현대식 노출 콘크리트, 양동교회는 교회가 아닌 척 앞모습을 가리고 짐짓 뒷모습만 보여주고 있다.

가을이지만 여름의 기운이 아직 가시지 않은 10월, 오후 햇살이 눈부시다. 교회 주변에는 키 작은 야생화들이 옹기종기 군락을 이루고 있다. 새 교회는 현대식이라고는 하지만 양동마을과 별반 다르지 않은 고즈넉한 분위기를 자아낸다.

교회를 이전하는 단계에서 말도 많고 탈도 많았다. 헐고 그 자리에 한옥 교회를 짓겠다는 의견도 받아들여지지 않았다. 이전할 부지를 매입했지만 문중의 반대로 진통을 겪었다. 어쩌면 그것은 기독교를 바라보는 세상의 인심이었다. 그동안 한국 교회는 이기주의와 물량주의에 빠져 종교의 참모습을 제대로 보여주지 못했다. 양동교회가 제자리를 지키지 못한 데는 이러한 이유도 포함되어 있다. 예전에는 개발과 발전이라는 이름으로 전통적인 것을 모두 부정했다. 하지만 지금은 전통과 보존이라는 이름 앞에서 누구라도 양보하고 물러나야 하는 시대가 되었다. 더구나 자신을 낮추고 겸손해야 하는 것이 기독교의 진정한 미덕 아닌가. 이런 과정을 거치며 양동교회는 다행히 마을 어귀에 다시 자리를 잡게 되었다.

교회를 제대로 살펴보기 위해 주변을 몇 바퀴 돌았다. 새 건물은 우리나라의 젊은 건축가 중 한 사람인 김친의 긱품이다. 교회

양동교회는 고인돌에서 착안해 현대건축의 미학을 살려 설계했다.

5. 양동마을의 엎드린 교회 —양동교회

는 고인돌에서 착안해 현대건축의 미학을 살려 설계했다. 고인돌은 땅속 깊숙이 뿌리내린 묵은 돌이며 가장 오래된 무덤이자 유적이다. 교회가 이미 오래전부터 양동마을의 한부분이라는 뜻이기도 하다. 하지만 문제는 창문이 없다는 점이다. 교회 측이 설계 과정에서 창문을 요청했지만 받아들여지지 않았다. 고인돌을 모티프로 삼은 교회인 만큼 설계자는 창문을 생략하기로 작정했던 모양이다. 창문이 없으니 빛과 소리가 들어오지도 새 나가지도 않는다.

고인돌 교회는 로마의 지하 교회 카타콤을 연상시킨다. 은연 중에 무언의 압박을 느끼게 된다. 설계자는 이런 복합적인 감정을 의도한 것 같다. 아마도 숨어서 예배를 드리던 초대 교회의 모습과 슬픔의 역사성을 창문 없는 교회로 표현하고 싶었는지 모른다. 어쩌면 박해받던 초기 교회의 모습을 양동교회를 통해 일부나마 표현하고 수많은 한국 교회를 향해 초대 교회 정신을 일깨워주고 싶었는지도 모른다.

그러면서도 건물은 비대칭적이고 역동적인 선을 살려 땅속 깊은 곳에서 솟아나오는 에너지를 표현한다. 건물의 간결한 선이 풀꽃과 나무에 둘러싸여 있다. 양동마을의 정통성을 유지하기 위해 한 발짝 뒤로 물러선 겸허한 자세도 아름답다. 누대 위에서 아랫사람들을 내려다보고 호령하는 양반들의 집과 달리 양동교회는 낮은 곳에서 허리를 구부린 자세를 취하고 있다. 낮은 곳에 자리 잡은 모습은 그동안 한국 교회가 보여주었던 드넨 이미시와 달리 겸손의 자세를 취하고 있어 보는 이의 마음이 편하다. 이제 양동교회는 전통 속에 숨어 있는, 전통과 조화를 이루는 건물로서 양동마을을 찾는 사람들에게 의외의 볼거리를 제공할 것이다. 양동교회의 모습을 보고 있자니 여러 가지 생각이 교차한다. 한국 교회 역시 그 어느 때보다 낮은 자세로 섬김의 미덕을 보여주어야 할 때가 왔다.

프랑스 작가 미셸 투르니에는 진실은 뒷모습에 담겨 있다고 했다. 앞모습은 치장하고 꾸미기에 본연의 모습을 드러내지 않고 숨기지만 뒷모습은 거짓말을 하지 않는다. 뒷모습은 본심을 그대로 드러낸다. 흔히 화가들이 풍경화를 그릴 때 원경 속에 인물의 뒷모습을 그려 넣곤 하는 이유가 뒷모습이 가지는 이러한 진실함 때문이 아닐까. 양동교회는 낮게 엎드린 모습으로 기독교의 전통적인 미덕을 고스란히 보여주고 있다.

입간판에 적힌 번호를 보고 몇 차례 전화를 걸었지만 아무도 받지 않는다. 개 한 마리만 낯선 사람을 향해 꼬리를 흔들며 교회를 지키고 있다. 맞은편 초가집에 들러 사정을 물으니 목사님은 출타 중이라고 한다. 몇 해 전부터 교회에 나가기 시작했다는 할머니 말씀에 의하면 전통 양반동네인 이 양동마을에도 출석 교인이 수십 명 된다고 한다.

전통 유교와 기독교

가톨릭과 달리 한국 개신교는 제사를 계명을 어기는 일로 간주하여 엄격하게 금했다. 조상을 섬기고 가문의 자부심을 이어가야하는 보수적인 양반마을에서 이러한 계명을 지키는 서양 종교를 받아들이는 것은 쉬운 일이 아니었다. 그것은 끊임없이 이어지는 문중 제사와 지금껏 지켜온 유교적 가치들과 거리를 두겠다는 뜻이며 전통에 대한 심각한 도전으로도 간주될 수 있는 것이었다. 문득 이런 생각이 든다. 엄격한 형식 윤리가 가져오는 공허감이 클수록 새로운 내용 윤리를 향한 영혼의 갈망도 커지는 것이 아닌가 하는.

양동마을 한가운데 교회가 선 배경은 퇴계학파의 영향권에 있던 보수적인 안동이 기독교를 받아들인 과정과 유사한 점이 많다. 그것은 경전을 읽고 묵상하며 내면화하는 유교적 공부에 익숙한 선비들이 우연찮게 성경을 접하면서 스스로 기독교에 입교한 경우가 드물지 않았기 때문이다. 선비들은 천(天)이나 상제(上帝)의 개념을 기독교의 하나님으로 이해했고, 수신제가치국평천하(修身齊家治國平天下)라는 유교적 이상으로 기독교의 천국 사상을 이해했다. 또 수신(修身)과 수기(修己), 지행일치(知行一致), 박기후인(薄己厚人), 청빈검약(清貧儉約), 억강부약(抑强扶弱), 공생공존(共生共存), 대동사회(大同社會)와 같은 유교적 전통 가치관은 기독교의 윤리관과 유사한 점이 많았다.

양동마을 양반 가옥 양동마을 한가운데 교회가 선 배경은 퇴계학파의 영향권에 있던 보수적인 안동이 기독교를 받아들인 과정과 유사한 점이 많다.

당시 청교도적 인물이 대부분이었던 선교사들은 조선 민중의 과도한 음주와 흡연을 쾌락에 대한 탐닉으로 규정하고 청교도 정신의 회복이라는 측면에서 금주와 금연을 교리화했다. 이것이 오늘날 한국 교회가 술과 담배를 금지하게 된 시초이다. 한국 교회가 지금까지도 한사코 지켜 나가는 새벽기도회는 새벽 미명에 나가 기도하던 예수의 삶을 본받은 것이다. 이 또한 새벽에 일어나 목욕재개하고 하루 일과를 시작하던 유학자들의 삶과 일치하는 점이 있었다.

물론 비판이 없었던 것은 아니다. 안동 섬촌교회의 경우 도산

서원 근방에 교회를 지으면서 퇴계의 후손인 진성 이씨 문중의 격렬한 저항에 부딪혔다. 결정적인 이유는 도산별시(陶山別試)를 보던 시사단 비명에 기독교를 서양사학(西洋邪學)이라고 못 박았기 때문이다. 또한 도산의 구역인 섬촌에는 제례와 상례를 거부하는 서양 종교가 절대 들어올 수 없다는 문중의 강력한 의지가 작용했다. 그러나 일제강점기 기독교인들의 헌신적인 구국 활동을 계기로 유생들은 이들에게 강한 동질감을 느꼈고, 기독교에 대한 거부감이 줄어들면서 개종하는 사람이 서서히 늘어났다. 향촌의 지도자가 개종을 하자 민중들도 이들을 따라 개종하기 시작했다.

1957년 양동마을 한가운데 마을의 이름을 딴 양동교회라는 예배당이 세워져 2007년 철거되기까지 50여 년을 탈 없이 서 있을 수 있었던 데도 이러한 배경이 작용했다. 양동교회는 문중사람인 이진동 전도사가 설립했다. 여성인 이진동 전도사는 문중의 반대가 심했지만 집집마다 찾아다니며 간곡하게 부탁하고 이해를 구했다. 결국 문중의 묵인과 아량 속에서 양동마을 한가운데 양동교회가 설 수 있었다. 성경이라는 경전을 읽으며 기독교의 가르침을 알고 있었던 유림들은 부인이나 가족의 입교를 크게 반대하지 않았고 그들의 신앙생활을 어느 정도 이해하고 포용했다. 그것이 진정한 선비이자 유학자의 태도라고 여겼기 때문이다. 그러나 입교자들은 마을 어른들의 시선을 의식하지 않을 수 없었고 그러한 환경 속에서 믿음은 더 절실하고 진실해진 수밖에 없었다.

양동교회 뒷모습 엎드려 있는 교회는 외관으로나마 낮은 데로 임하는 기독교의 참모습을 보여주는 것 같다.

낮은 곳으로

양동교회는 세계문화유산 등재를 준비하던 경주시와 시민단체의 압력으로 2007년 철거되었다. 그들의 강력한 목소리 앞에서 교회는 제재의 대상이 되어 낡은 예배당을 보존할 엄두를 내지 못했다. 문화재 위원이 보존가치가 있다고 했지만 받아들여지지 않았다. 결국 보존이라는 대의명분 아래 문화재가 되어가던 또 다른 유산을 파괴해버린 셈이다. 전통 유교와 새로 유입된 기독교가 공존

해온 역사를 부정하는 것이 보존의 논리라고 할 수는 없다. 그것은 한편으로 한국 교회가 그간에 보여준 오만한 태도에 대한 여론의 뭇매였고 양동교회가 그것을 고스란히 맞게 된 것이다.

교회를 제대로 보기 위해 가까운 언덕 위의 관가정(觀稼亭)과 향단(香壇)에 올랐다. 관가정은 누마루에서 곡식이 익어가는 들판과 강을 내려다볼 수 있는 정자이며, 향단은 회재 이언적(1491~1553)이 경상도 관찰사로 부임했을 때 병환 중인 모친을 모실 수 있도록 중종이 하사한 99칸짜리 집이다. 한국 전쟁으로 불타고 지금은 56칸만 남아 있다. 언덕 위에서 내려다보니 교회는 아름드리 조경수에 둘러싸여 지붕만 보인다.

양동마을은 하회마을과 달리 상업적인 냄새를 풍기지 않아서 그나마 다행이라는 생각이 든다. 멀리 추수가 끝나가는 누런 들판엔 흰 비닐로 말아놓은 건초더미들이 뒹굴고 있다. 날마다 한 알씩 삼키는 비타민 같다. 자연은 우리가 날마다 바라보며 기뻐하는 한 알의 비타민이다.

건축가 김헌은 설계 노트에 이전의 교회를 '발치(拔齒)'했다는 표현을 썼다. 기존의 예배당을 생니 뽑듯 뽑아내고 새로 교회를 지었다는 뜻이다. 그러나 낮은 곳으로 내려와서 한층 더 품위를 유지하고 있는 모습이 아름답다.

홍시처럼 익은 가을 해를 따라 집으로 돌아온다. 가는 길에는 덩치 큰 산만 눈에 들어왔는데 돌아오는 길에는 국도변에 핀 억새와 들꽃, 붉나무, 구절초 같은 사찰한 꽃들이 보인다. 싱겅의

한 구절이 생각난다.

들의 백합화가 어떻게 자라는가 생각해보라
수고도 아니 하고 길쌈도 아니 하느니라
그러나 솔로몬의 모든 영광으로 입은 것이
이 꽃 하나만 같지 못하였느니라
—「마태복음」 6: 28-29

가는 길과 달리 돌아오는 길은 한결 여유롭다. 엎드린 양동교
회의 모습에서 방석에 엎드려 절실한 마음으로 기도하던 옛 교
인들의 모습을 떠올린다. 엎드려 있는 교회는 외관으로나마 낮
은 데로 임하는 기독교의 참모습을 보여주고 있는 것 같아 마음
이 편하다. 창문도 없는 곳에서 예배를 드리는 교인들과 뒷모습
만 보이는 교회가 서글프지 않은 이유가 여기에 있다. 귀하고 소
중한 것은 감춰두는 법이다. 양동교회는 사람들의 눈에 띄지 않
는 양동마을 귀퉁이에 조심스럽게 감춰져 있다.

6.

그대를 향한 사랑처럼
푸르다면

최용신의 샘골교회

땡그렁 땡때-ㅇ 땡그렁 땡때-ㅇ.

언덕 위 학원 정문에 달린 종이 울린다. 그 명랑한 종소리는, 맑고 푸르게 갠 아침, 한없이 높은 하늘로 퍼지는데, 아이들은 와아 소리를 지르며 앞을 다투며 달려간다.

땡그렁 땡때-ㅇ 땡그렁 땡때-ㅇ.

그 종은 새로 사다가 한 번도 울려보지 않았던 것이다. 동혁은 머리를 들어 종을 치고선 영신을 쳐다보았다.

'이 돈은 꼭 저금을 해두었다가 새로 지으려는 학원 마당 앞에 종을 사서 달겠습니다. 아침저녁 내 손으로 울리는 그 종소리는, 나의 가슴뿐 아니라 이곳 주민들의 혼곤히 든 잠을 깨워주고 청석골의 산천초목까지도 울리겠지요.'

라고 씌었던 편지 사연이 생각났다. 오늘 아침의 그 종소리는 누구보다도 동혁의 가슴 한복판을 울렸다.

—심훈, 『상록수』(문학사상사, 1991), 216~217쪽

심훈(1901~1936)의 소설 『상록수』의 현장을 답사하기 위해 오랜 시간 별렀다. 마침 서울로 나들이할 일이 있어서 겸사겸사 안산시 상록구로 농촌계몽운동가 최용신(1909~1935)의 자취를 찾아간다. 소래역을 지나 수인선 협궤열차가 덜컹거리며 지나다니던 오래전 자취는 남아 있지 않았다. 이 도시에서 잠시 보낸 시간은 푸르른 논들을 가로질러 어깨 툭툭 내려치는 바람이 되어 사라졌다. 소금밭으로 꽂히던 쩡쩡한 햇살과 함께. 가끔씩 강기슭을 산책하며 노인이라도 된 양 날카로운 여름 햇살이 어깨 위로 쏟아지던 시간을 생각한다.

실은 이 도시에 오는 일이 그리 내키지 않았다. 하지만 기억 속에서 지워버린 이 도시에 나는 다시 와 있다. 시간에 대해 많이 생각하곤 한다. 시간이란 현대물리학자나 철학자들의 이론처럼 과거, 현재, 미래가 연속선상에 있지 않다는 것이 맞는 것 같다. 이 도시는 과거와 전혀 무관한 새로운 도시가 되어 있고, 나 역시도 이 도시에서 보낸 짧은 시간과는 단절한 전혀 새로운 삶을 추구하는 사람이 되어 있다.

상록수역에서 10분이라는 말만 믿고 최용신 기념관이 있는 샘골교회까지 걸어가는데, 겨울 추위가 어찌나 매서운지 걷기로 한 것을 수없이 후회했다. 몇 차례 길을 물었지만 샘골교회를 아는

사람이 없었다. 살을 후벼 파는 칼바람 속에서 종종걸음을 쳤다. 왜 사서 일을 벌였는지, 괜한 의욕으로 시작한 것은 아닌지, 별생각이 다 들었다.

상록수의 주인공

『상록수』의 현장에는 샘골(泉谷)교회가 몇 번의 개축을 거쳐 그대로 남아 있다. 『상록수』의 주인공 채영신과 박동혁은 실재 인물인 최용신과 약혼자 김학준(~1975)을 모델로 삼았다. 소설의 배경인 청석골의 실제 무대는 당시 경기도 화성의 샘골이었지만 지금은 안산시 본오동으로 행정구역이 바뀌었다. 기념관 가이드가 추위 속을 헤치고 온 사람에게 봄바람처럼 따뜻하고 친절한 말로 설명해주었다.

박동혁과 채영신은 어느 신문사에서 주최한 농촌계몽운동에 참가해 보고회 겸 위로회에서 만나 동지가 된다. 둘은 학교를 졸업하자마자 각기 한곡리와 청석골로 내려가 농촌운동에 힘을 쏟는다. 박동혁은 마을회관을 세워 청년들과 농촌환경개선 운동에 매진하고, 채영신은 부녀회를 조직하고 예배당을 빌려 한글강습소를 운영한다. 둘은 편지 왕래로 자신들의 계몽사업을 보고하며 사랑을 키워간다. 어느 날 박동혁을 찾아간 채영신은 동혁의 활동에 깊은 감명을 받고 돌아와 강습소 짓는 일에 더욱 열성을 다한다.

1930년대 농촌은 일제의 가혹한 수탈로 극도로 피폐해져 있었다. 일제가 조선의 식민화를 달성하기 위해 세운 동양척식회사는 영국의 동인도회사를 본떠 만든 것으로 토지조사사업을 표면적으로 내세우며 조선의 경제와 토지를 본격적으로 수탈했다. 사업이 완료된 시점인 1918년경에는 동양척식회사가 대부분의 국유지를 불하받았으며, 조선으로 온 일본 이민자들이 역참의 요지와 비옥한 땅 대부분을 차지하면서 토지를 잃은 농민이 급속히 늘어났다.

이 외에도 전 국토를 휩쓴 한재와 곡가 폭락, 세계대공황의 여파로 농촌경제는 붕괴 직전이었다. 당시 농민들 대부분이 자작농은 소작농으로, 소작농은 화전민, 날품팔이, 도시노동자로 전락했으며 무리를 지어 떠돌아다니거나 걸인이 되는 경우 또한 부지기수였다. 먹고살기 위한 방편으로 식솔들을 데리고 만주나 연해주, 하와이, 멕시코 등으로 노동이민을 떠나는 경우도 속출했다.

최용신이 활동한 이곳 반월면의 사정도 마찬가지였다. 일제의 산미증산계획에 따른 수탈정책으로 지역경제는 붕괴 직전이었고 면내 1400호의 연간 평균소득은 150원 이하였다. 그중에서도 900여 호는 끼니조차 때우지 못하는 절대빈곤 상태였다. 당시 인구의 대부분은 농민이었다. 이에 조선일보와 동아일보는 농촌의 참담한 상황을 파악하고 농촌을 살리기 위한 운동을 대대적으로 전개했다. 그것이 바로 문자보급운동과 브나로드(V. Narod) 운동이었다. 이 외에도 기독교 단체인 YMCA와 YWCA가 농촌계몽운동을 주도하고 나섰다.

농촌운동은 '아는 것이 힘, 배워야 산다'는 구호 아래 한글을 보급하는 운동이 주를 이루었다. 인구의 80퍼센트가 문맹이었다는 사실에 주목한다면 한글보급운동은 다른 무엇과도 비교할 수 없는 중요한 사회운동이었다. 이 운동을 통해 약 10만여 명이 문맹에서 탈출했다. 이외에도 청년들은 민중 속으로 파고들어가 미신 타파, 구습 제거, 보건위생 개선, 근검절약 등과 같은 농촌생활 개선 운동과 계몽운동을 펼쳤다.

샘골강습소

최용신은 함경남도 덕원 출신으로 원산의 루시여학교를 수석으로 졸업하고 협성여자신학교(현 감리교신학교)에 다니면서 농촌계몽운동에 관심을 가졌다. 이 시절 최용신은 독립운동가이자 농촌운동가인 황에스더로부터 감화를 받고 농촌운동에 매진할 것을 다짐했다. 그녀는 스물세 살인 1931년 YWCA(조선여자기독교청년연합회)의 농촌지도교사로 샘골에 파견되었다. 그녀도 처음에는 지역민의 냉소적인 태도와 맞서야만 했다. 남존여비 사상에 물들어 있던 농민들은 도시 출신의 신여성을 반기지 않았다. 최용신은 먼저 지역 유지인 염석주를 찾아가 "농사를 지으면 1년 치 수확을 얻지만 사람을 가르치면 100년 치의 수확을 얻는다"는 말로 설득했다. 지역의 유지가 마음을 열자 마을 사람들의 태도가 달

상록수공원 내 샘골교회와 향나무 『상록수』의 실제 주인공인 독립운동가 최용신을 기리는 최용신 기념관이 이곳에 있다.

라지기 시작했다.

최용신은 낮에는 3부제로 아이들을 가르치고 밤에는 부녀자들을 상대로 야학을 열었다. 그녀는 문맹퇴치뿐만 아니라 성경, 수예, 집안 살림, 재봉 등 농촌 생활에 필요한 기술 교육과 의식계몽교육으로 가난한 여성과 아이들에게 자립심과 애국심을 심어주었다. 최용신은 마을을 순회하고 가가호호를 방문해가며 가르쳤다. 일이 끝나면 늘 새벽녘이었다. 그녀의 초인적인 헌신에 감동한 마을 사람들이 강습소를 짓는 일에 적극 동참하기 시작했다. 1933년 1월 샘골강습소(천곡학원)가 낙성식을 열었다.

땡그렁 땡때-ㅇ 땡그렁 땡때-ㅇ.

언덕 위 학원 정문에 달린 종이 울린다. 그 명랑한 종소리는, 맑고 푸르게 갠 아침, 한없이 높은 하늘로 퍼지는데, 아이들은 와아 소리를 지르며 앞을 다투며 달려간다.

땡그렁 땡때-ㅇ 땡그렁 땡때-ㅇ.

심훈의 『상록수』에 나오는 낙성식 장면이다. 최용신의 헌신으로 강습소는 재학생이 110여 명을 넘어섰다. 급기야 일제는 간섭을 시작하고 최용신을 주재소로 호출해 시설이 불충분하다는 이유로 학생 수를 줄이라는 명령을 내렸다. 일제는 한글보급과 농촌계몽운동이 민족혼을 일깨우고 민족의식을 심어주어 자연스럽게 일제를 향한 투쟁의식으로 발전할 것이라고 판단했다. 실제로 언어와 글은 인간의 정신을 사로잡은 가장 강력한 권력이기 때문이다. 일제의 탄압에 더해 매달 들어오던 YWCA의 보조금마저 줄어들면서 강습소 운영은 갈수록 어려워졌다.

성서조선아! 너는 소위 기독 신자보다도 조선혼을 소유한 조선인에게로 가라. 시골로 가라. 산촌으로 가라. 거기서 나무꾼 한 사람을 위함으로 너의 사명을 삼으라.
─《성서조선》, 창간사 중에서

최용신이 펼친 농촌운동은 신앙을 바탕으로 한 애국계몽운동이었다. 이것은 1927년 민족의 시련을 기독교 신앙으로 극복하고자 김교신(1901~1945), 함석헌(1901~1989) 등이 창간한 잡지《성서조선》에서 지대한 영향을 받았다. 김교신은 잡지를 '성서조선'이라 한 까닭에 대해 "조선이라는 애인에게 보낼 최진(最眞)의 선물은 성서 한 권뿐"이기 때문이라고 했다. 김교신은 일본의 무교회주의자 우치무라 간조(內村鑑三, 1861~1930)의 영향을 받은 인물로 조선인은 조선인의 교회를 세우고 선교사들로부터 독립해야 한다고 주장했다. 그의 무교회주의운동은 지금도 여전히 소규모로 계승되고 있다.

농촌계몽운동

최용신의 헌신은 신앙을 바탕으로 한 애국심이었다. 강습소가 어느 정도 안정 궤도로 접어들자 최용신은 더 큰 일을 하기 위해서는 지식을 축적해야 한다는 생각으로 고베 신학교로 유학을 떠난다. 하지만 각기병으로 공부를 마치지 못한 채로 샘골로 돌아와 농촌운동을 계속한다. 한동안 건강을 회복하고 열심히 일하지만 병세가 악화되어 다시 쓰러진다. 최용신은 도립병원에서 두 차례 수술을 받았지만 1935년 1월 영양실조와 과로, 장중첩증(장이 꼬이는 병)으로 생을 마감했다. 최용신의 장례식에는 조문객 1000여 명이 몰려와 그의 업적을 기렸다. 그의 사후 강습소는 동생이 맡아 2년여가 더 이어갔다.

여러분이시여! 곡식을 심으면 1년의 계가 되고 사람을 기르면 100년의 계가 된다고 하였거든, 이 강산을 개척하고 이 겨레를 발전시킬 농촌의 어린이를 길러주소서.

—최용신,《여론》(1934. 10. 30)

1930년대에는 농촌계몽운동을 주제로 한 문학 작품이 다수 등장했다. 이광수의『흙』, 심훈의『상록수』, 이무영의『제일과 제일장』, 김정한의『사하촌』, 이근영의『고향사람들』등이 그러한 작품이다. 특히『흙』과『상록수』는 지식 청년들에게 농촌계몽운동을 독려하고 고무한 대표적인 소설이라 할 수 있다. 이러한 작품들은 농촌의 낙후성을 직시하고 무지함을 일깨우려는 계몽적 색채가 강했으며, 농촌 현실을 이해하고 새로운 농민상을 정립하고자 애쓰는 모습을 보여주었다.

심훈의『상록수』는 1935년 동아일보 창간 15주년 기념 공모전에서 장편소설 부문 1위를 차지한 작품이다. 심훈은 우연히 최용신의 부고를 읽고 그녀가 일으킨 계몽사업에 감동을 받아 작품을 쓰기 시작했다. 소설은 1935년 9월 10일부터 1936년 2월 15일까지 동아일보에 연재하여 각계각층의 뜨거운 반향을 불러일으켰다. 그러나 소설이라는 장르적 특성 때문에 주인공의 모습과 배경, 상황 등을 각색하여 실제와 다른 점이 논란이 되었다. 그 후 1961년에는 신상옥 감독이 최은희를 주연으로 영화〈상록수〉를 만들어 낙후된 농촌의 현실을 보여주며 많은 사람의 공감

심훈 문학 기념비
심훈은 우연히 최용신의 부고를 읽고 그녀가 일으킨 계몽사업에 감동을 받아 『상록수』를 쓰기 시작했다.

을 얻었다.

그러나 이러한 작품들이 보여준 계몽운동은 근본적인 문제를 해결할 돌파구를 찾지 못하고 그들만의 이상에 그쳤다는 지적을 받기도 했다. 가장 큰 한계는 그것이 농민 주도의 운동이 아니라 도시에서 온 청년들에 의한 주입식 계몽이라는 점이었다. 농촌계몽 소설은 다소 감상적인 측면에도 불구하고 일제강점기 농민 현실에 관심을 가지고 문제의식을 환기시켰으며, 이를 개선하기 위해 떠어든 청년들을 다루었다는 점에서 그 시대의 가장 신신하고 빛나는 문학적 성과였다.

늘 푸른 나무

1939년 2월 28일(화)

오후 1시에 천곡에 도착, 언덕 위에 덩그런 학원은 고 최 양이 창자
가 꼬이도록 애써 지은 건물이라 함에 널 한쪽, 흙 한 줌도 무슨 신
성한 물건 같아 보인다. (중략) 참으로 산 자는 단 하루를 살았어도
영생한 것이다.

—김교신, 《성서조선》(1939)

김교신의 애제자이자 후에 사돈이 된 유달영(1911~2004)은 스
승의 권유에 따라 『농촌계몽의 선구 최용신 소전』(성서조선사, 1939)
을 펴냈다. 최용신을 소설 속 주인공으로만 남아 있게 할 수 없다
는 것이 발간의 이유였다. 최용신은 김교신을 만난 적이 없지만
동시대를 살면서 기독교 신앙에 기초한 새로운 농촌운동을 펼쳐
야 한다는 뜻에 깊이 공감했고 그 뜻을 온몸으로 실천했다.

최용신의 무덤 옆에는 약혼자 김학준의 무덤이 나란히 누워 있
다. 둘은 농촌운동에 필요한 준비를 모두 갖추고 10년 후에 결혼
하기로 약속했지만 최용신이 일찍 죽는 바람에 약속을 지킬 수
없었다. 김학준은 평생 최용신의 업적을 알리고 추모사업을 벌이
는 일에 헌신했다. 그의 비석 뒷면에는 '진리의 뜻을 같이한 동지

최용신과 김학준의 묘 김학준의 부인은 생전 남편의 뜻에 따라 김학준을 전 약혼자 최용신 곁에 묻어주었다.

로서 남달리 농촌계몽운동에 뜻을 이룩하고자 수많은 역경에서 서광을 비추다 고이 잠드신 상록수의 주인공들이여'라는 비명이 김학준의 아내와 아들딸의 이름으로 새겨져 있다. 생전에 김학준은 죽으면 최용신 곁에 묻어달라고 가족들에게 당부했다. 당부도 놀라운데 그 뜻에 따라 남편을 전 약혼자 곁에 묻어준 부인의 용기가 대단하다. 그 시대 신식 교육을 받은 여성들의 사랑은 과연 이런 것이었나 싶다.

1920 · 30년대 신여성들은 남녀평등과 신가정의 형성이라는 근

김학준 묘비에 새겨진 비명

대적 가치를 부르짖으며 자유연애를 통해 개인성을 실현하고 자신들의 욕망과 취향을 추구하는 자기중심적인 삶을 살고자 했다. 그러나 최용신은 당대 젊은이들을 열광시켰던 연애지상주의나 허무주의에 함몰되지 않고 민족의 현실을 직시했으며 일제의 수탈로 피폐해진 농촌의 현실을 개선하는 일에 열정을 쏟았다. 그녀는 시대와 민족이 원하는 바를 파악했고 이를 위해 헌신하고 희생하는 일에 삶의 의미와 초점을 맞추었다. 김학준과의 사랑 또한 민족애와 애국신앙을 바탕으로 한 동지적 성격이 강한 것이었다.

일제하 피 끓는 지식청년들이 일으킨 농촌운동은 한글보급운동에 그치지 않고 애국계몽운동으로 발전했다. 이는 나아가 신사참배 거부와 같은 주권수호운동과 항일투쟁으로 확장되었다. 농촌계몽운동은 해방 후에도 사라지지 않고 대학생들의 농촌봉사활동으로 이어졌으며, 이것은 다시 1960년대 후반 농촌을 중심으로 시작된 새마을운동과 새마을정신의 뿌리가 되었다. 예수는 이런 말씀을 하셨다.

내가 진실로 진실로 너희에게 이르노니 한 알의 밀이 땅에 떨어져 죽지 아니하면 한 알 그대로 있고 죽으면 많은 열매를 맺느니라.

—「요한복음」, 12:12-26.

상록수는 비바람이 불어와도 변하지 않는 푸른 의지를 상징한다. 지금도 최용신 기념관에는 샘골강습소의 주춧돌 15기와 그녀가 직접 심은 향나무 다섯 그루가 그대로 남아 민족의 수난기 열정에 넘치던 한 여성의 민족사랑을 고스란히 보여주고 있다. 2007년 안산시는 상록구 본오동에 최용신 기념관을 세웠다. 최근에는 안산시가 주축이 되어 해마다 최용신 학술심포지엄을 개최하고 있다. 최용신이 심은 나무를 올려다보며 수전 잭슨의 노래 〈에버그린(Evergreen)〉을 흥얼거려본다. 혹독하고 긴 겨울을 이기고 나야 꽃 피고 새 우는 봄날을 맞이할 수 있다. 하지만 한겨울에도 변함없이 푸른빛으로 추위와 맞서는 나무가 있으니, 우리는 이 나무를 상록수라고 부른다.

Sometimes love would bloom in spring time

때로 봄이면 사랑이 움트기도 하지요

Then my flowers in summer it will grow

그리고 여름이면 사랑의 꽃이 자라나지요

Then fade away in the winter when the cold wind begins to blow

그리고 겨울이 와 차가운 바람이 불기 시작하면 꽃은 시들어버리죠

But when it's evergreen, evergreen

하지만 사랑이 언제나 푸르고 푸르다면

It will last through the summer and winter, too

여름이 지나 겨울이 와도 변치 않을 거예요

When love is evergreen, evergreen like my love for you

그대를 향한 내 사랑처럼 언제나 푸르고 푸르다면

7.

아늑한 산골짜기의
작은 교회

봉화 척곡교회

척곡교회, 이름만 들어도 척박한 산골짜기에 자리 잡은 작고 초라한 예배당이 떠오른다. 봉화군 법전면 척곡리 척곡교회, 이름이 주는 황량함 때문에 이곳의 겨울은 몹시 추울 것이라는 생각이 든다. 경북의 최북단, 강원도와 경계를 이루는 곳, "태산을 넘어 험곡에 가도 빛 가운데로 걸어가면"이라는 찬송가 구절이 저절로 떠오른다. "내가 사망의 음침한 골짜기로 다닐지라도 해를 두려워하지 않을 것은 주께서 나와 함께 하심이라"는 시편 23편의 구절도 덩달아 떠오른다.

척곡교회는 청량산 자락, 첩첩산중에 자리 잡고 있다. 내비게이션 덕분에 길을 잃지는 않았지만 가는 길이 만만치 않다. 중앙고속도로 영주 나들목에서 빠져나와 영주 시내를 가로질러 봉화로 가서 산을 몇 개 더 넘어 겨우 법전면에 도착했다. 법전면

에서도 인적 없는 산길을 따라 한참을 더 달려가서야 근대문화
유산 등록문화재 제257호 척곡교회를 알리는 표지판이 나타난
다. 여기서부터 좁은 농로를 따라 화전민들이나 살았을 법한 좁
은 골짜기로 들어서자 드디어 왼편 산 아래 작은 십자가와 종각
이 보인다.

1907년 미명의 시기, 면소재지에서도 한참이나 떨어진 이 첩
첩산중에 교회와 학교를 세운 설립자의 의중을 선뜻 헤아리기가
어려웠다. 차를 세우고 산 중턱의 예배당을 바라보니 온갖 심정
이 담긴 한숨이 저절로 흘러나온다. 높은 산, 깊은 산중일 거라는
예상 그대로였다. 척곡(尺谷)은 자로 잴 만큼이나 깊은 골짜기라
는 뜻이다. 이런 이유로 오랫동안 선뜻 길을 나서지 못했다.

설립자 김종숙 목사의 손자인 김영성 장로님이 반갑게 맞이해
준다. 장로님은 은퇴 후 세계를 여행하다가 뜻을 정하고 고향으
로 돌아와 척곡예배당과 명동서숙을 지키며 신앙의 전통을 이어
가고 있다. 한때 부흥했을 때는 주일이면 흰옷 입은 신도들이 여
기저기에서 모여들어 예배당이 꽉 찼었다. 하지만 15년 전 장로
님이 이곳에 다시 돌아왔을 때 교회는 교역자도 없이 폐허가 되
어 있었다. 장로님 부부는 풀을 뽑고 예배당 구석구석을 쓸고 닦
으며 교회를 가꾸었다. 지금도 언덕으로 다니며 들꽃을 꺾어 예
배당을 장식한다. 장로님은 93세(현재 96세)의 고령에도 빠른 말투
와 총총한 기억력으로 교회의 역사와 그에 얽힌 여러 가지 이야
기를 몇 시간에 걸쳐 쉬지 않고 들려준다.

척곡교회와 명동서숙 사명감을 가진 선각자들이 사비를 털어 세운 민족교회이자 민족학교로 교회사나 향토사적으로 매우 특별한 의미를 가진다.

척곡교회와 명동서숙

원래 김종숙은 고종을 모시는 탁지부의 관리였다. 그는 새문안 교회에서 언더우드를 통해 기독교를 받아들인 뒤 을사늑약 후인 1906년 관직을 사직하고 독립운동을 목적으로 동생 김종옥, 처남 석태산과 함께 외가인 봉화군 법전면 척곡리로 내려왔다. 그러나 주위의 반대로 계획했던 일들이 여의치 않게 되자 지방 부호 최재구, 문촌교회의 장복우 등과 함께 교회와 학교 설립을 추진하고 이듬해 1907년 척곡교회(尺谷敎會)와 명동서숙(明洞書塾)을 설립했다. 초기 한국 교회와 교육기관은 대부분 외국 선교사와 선교부의 지원으로 설립되었지만 척곡교회와 명동서숙은 일찌 감치 사명감을 가진 선각자들이 사비를 털어 세운 민족교회이자 민족학교였다. 이러한 점에서 척곡교회와 명동서숙은 교회사나 향토사적으로 매우 특별한 의미를 가진다.

척곡교회는 9칸 정방형의 기와집으로 양측에 출입문을 두어 남녀의 출입을 구분했다. 당시에는 예배를 드릴 때 광목으로 칸 막이를 쳐서 남녀 신도가 서로 볼 수 없도록 좌석을 엄격하게 분 리했다. 하지만 점심시간에는 천을 걷어 준비해 온 도시락을 가 족들과 함께 나누었다. 교회 설립 초기에는 서양식 찬송가 곡조 가 익숙하지 않아 찬송가 지도자가 서울에서 파견되어 오기도 했 다. 그런 날이면 교인들은 떡과 감주를 준비해서 밤새도록 찬송 가 연습을 했다. 당시 한국 교회에는 서양식 악보를 읽을 수 있는 사람이 거의 없었다. 하지만 찬송가 교습이 정례적으로 이루어지 자 반복적으로 따라 부르는 과정에서 저절로 한글을 깨치는 사람 이 늘었고 찬송가 교습은 성경 이상으로 한글을 보급하는 데 중 요한 역할을 하게 되었다.

조선을 밝히는 빛이 되고자

1921년 안동교회와 함께 한국 교회 최초로 기독청년면려회가 소식된 곳노 이곳 척곡교회이나. 기독청년면려회는 3·1민세운동 이후 사회주의 확산에 대응하고 청년회 활동을 전국적으로 활성화하기 위해 만들어졌다. 면려회는 신앙운동을 넘어서 농촌사업을 전개하고, 금주, 금연, 소비절약을 통한 경제운동뿐만 아니라 수양동우회, 기독신우회, 적극신앙단 등과 연계한 정치운동에도 참여하며 적극적인 사회개조 활동을 펼쳤다. 기독청년면려회는 장로교회 내의 청년운동 조직이었지만 교회의 테두리를 뛰어넘어 적극적인 사회운동 조직으로서의 성격을 띠고 있었다.

척곡교회는 지명을 따서 이름을 지었고 명동서숙은 마을 이름을 따서 교명을 지었다. 척곡리는 양지마을 또는 명동(明洞)이라 불리기도 했는데 밝을 명(明) 자는 산과 하늘이 높은 척곡리를 뜻한다. 이곳은 건문골(建文谷)이라 불리기도 했다. 이름으로 미루어 보아 이 골짜기는 일찍이 학문에 뜻을 둔 사람들이 많았던 곳이다. 명동서숙(明洞書塾)은 김약연 등이 용정 명동촌에 세운 명동서숙(明東書塾)과도 관련이 깊다. 척곡리의 명동서숙과 북간도의 명동서숙은 비슷한 시기에 설립한 민족교육과 민족운동의 산실이다. 명동(明洞)과 명동(明東)은 둘 다 조선을 밝히는 빛이 되고자 하는 소망을 담은 이름이다.

척곡의 명동서숙은 3칸짜리 초가로, 2칸은 교실로 1칸은 여학생들의 기숙사로 사용했다(1936년 4칸으로 확장했다). 가난한 산골일수록 남녀 구분과 남녀차별이 엄격하고 여자아이 교육을 달가워하지 않았지만 명동서숙은 설립 초창기부터 남녀 평등교육을 지향했다는 점에서 취지가 남달랐다. 성경, 국어, 산수, 한문 등을 가르쳤고, 인근 지역 주민 대부분이 이곳에서 공부를 했다. 교회와 학교가 들어서자 산골짜기는 활기가 넘쳤고 우렁찬 찬송 소리가 퍼져 나갔다.

학교는 명동서당으로 시작해서 명동서숙이 되었다가 다시 명창학교로 이름이 바뀌었고, 1940년대에는 총독부의 허가를 받아 정식학교인 명동학술강습소로 명칭을 변경했다. 학술은 학문과 기술을 뜻하는 말로 일찍이 명동서숙은 일제강점기라는 시대적 배경 아래 현실적이고 실리적인 교육을 추구했다. 4년제 명동서숙을 졸업한 학생들은 인근 지역의 보통학교로 진학하여 학업을 이어갔으며 반일저항운동에도 적극 가담했다.

항일 활동

일제강점기 영양과 봉화 지역의 의병은 소백산을 중심으로 활동했다. 김종숙의 처남 석태산은 의병대장으로 활약하다가 순국했으며 김명립, 정재흠, 정용선 등은 체포되어 옥고를 치렀다. 장로님 말씀으로는 북간도 명동촌엔 함경북도 회령 출신뿐만 아니라 봉화와 지적인 영양 사람들이 많았다. 영양 김씨의 절반이 용정으로 갔다고 할 만큼 많은 수의 영양 사람들이 만주로 이주를 했다. 척곡교회에서는 성미헌금으로 독립자금을 모았고 비밀리에 용정으로 군자금을 조달했다. 연락책을 맡은 김종숙 목사의 동생 김종욱은 일경의 감시 내상이 되자 만주로 떠나 명동교회에서 4년간 피신생활을 했다. 독립자금을 조달하는 일의 중심에는 척곡교회와 명동마을, 인근 갈미실 등이 있었다.

일제 말 신사참배 문제도 이 골짜기를 지나가지 않았다. 일제는 신사참배를 거부한 죄로 김종숙을 투옥시켰고 1942년에는 명동서숙을 폐쇄했다. 김종숙의 아들 김운학은 신간회 회원이자 안동기독청년회 회원으로 안동공립보통학교 훈도였다. 그는 학생들에게 애국심을 고취하는 노래를 가르쳤다는 명목으로 불온분자로 낙인 찍혀 평안도로 추방되었다.

척곡교회는 예배와 교육을 중심에 두고 독립운동을 지원하며 민족교회로서의 역할을 두루 수행했다. 장로님 말씀에 의하면 어린 시절 달 밝은 밤이면 동네 아낙들이 삼삼오오 장로님 댁의 마루에 모여 의병으로 나간 남편들을 그리워하며 〈눈물 젖은 두만강〉(1936)과 〈독립군가〉(1910), 〈고향의 봄〉(1926), 〈선구자〉(1933) 등을 부르며 나라 잃은 설움을 달랬다고 한다. 척곡교회에서는 이 일을 되살려 2016년 8월 29일 국치일에 맞춰 제1회 '나라사랑 음악의 밤'을 열었고, 2019년에는 제4회 행사를 개최했다.

장시간에 걸친 교회 역사 이야기를 끝내고 장로님은 예배당 규모에 어울리지 않게 넓은 자리를 차지하고 있는 그랜드피아노 앞으로 나를 부른다. 장로님의 힘찬 피아노 반주에 맞춰 윤극영의 〈반달〉(1924)과 조두남의 〈선구자〉를 부른다. 아흔이 넘었지만 격동기를 헤쳐 온 청년의 모습이 그대로 남아 있다.

푸른 하늘 은하수 하얀 쪽배에

계수나무 한 나무 토끼 한 마리

돛대도 아니 달고 삿대도 없이

가기도 잘도 간다 서쪽 나라로

은하수를 건너서 구름 나라로

구름 나라 지나선 어디로 가나

멀리서 반짝반짝 비치이는 건

샛별이 등대란다 길을 찾아라

—윤극영, 〈반달〉

토끼 한 마리가 혼자 돛대도 삿대도 없는 배를 저어간다. 구름을 건너도 끝을 알 수 없는 망망대해가 펼쳐져 갈 길이 막막하다. 이때 멀리서 등대 불빛이 비친다. 토끼는 힘없는 여린 존재이다. 쪽배에 탄 토끼는 우리 민족을 상징한다. 다소 감상적이지만 이러한 비유와 서정은 그 시대 독자들을 눈물짓게 했고 막연하나마 미래에 대한 희망을 심어주었다.

풍요로운 골짜기

척곡교회에는 식사 기도가 따로 있었다. "경사천부(敬事天父), 사아식물(賜我食物), 배민불망(毎民不忘) 아멘.(먹을 것 주시는 하나님을 경배

척곡교회 종각
지금은 어디서도 들을 수 없는 예배당 종
소리를 척곡에서는 들을 수 있다.

합니다. 주실 때마다 은혜를 잊을 길 없습니다.)"척곡교회와 용정의 명동교
회, 영천의 자천교회가 똑같이 이 기도를 했다. 세 교회가 서로 깊
이 교류한 흔적이라고 볼 수 있다.

척곡교회는 장로님의 에너지원이자 자긍심이었다. 인적이 드
문 골짜기의 척곡교회가 한국 기독교 사적과 문화재청 등록문화
재로 지정되기까지는 장로님의 헌신과 노고가 컸다. 장로님은 지
금도 매주 예배 종을 직접 친다. 초종 33회, 재종 30회, 재종은 열
다섯 번 치고 쉰 다음 다시 열다섯 번을 친다. 초종 33회는 이 땅
에 오신 예수의 생애를 의미한다. 지금은 어디서도 들을 수 없는
예배당 종소리를 척곡에서는 들을 수 있다니 이 골짜기가 얼마나

깊은지 새삼 알겠다. 장로님은 "내가 나이가 많아 언제 천국에 갈지 모르니 자주 들러 달라"고 당부한다. "천국은 천천히 가셔도 될 것 같습니다"라고 답하고 보니 오기가 어렵다는 뜻이 전달된 것 같아 뜨끔하다.

현재 장로님 가족을 포함하여 여섯 가구, 출석 교인 9명과 주일학교 학생 12명이 교회를 지키고 있다. 전도사 한 분이 주일예배와 주일학교를 담당한다(2020년 현재 주일학교 학생이 15명으로 늘었고, 전도사는 담임 목사로 취임했다). 사례비가 100만원이지만 이마저 교회가 전부 감당하기 어려워 노회의 보조를 받는다. 장로님은 그럼에도 불구하고 큰 교회조차 힘든 주일학교를 척곡교회가 운영해 나가고 있다고 강조한다. 다음 세대 양성에 어려움을 겪고 있는 한국교회의 미래가 자못 걱정스럽다.

척박한 곳이지만 영혼의 자양분을 제공해주는 교회와 학교가 있어서 골짜기는 풍요로운 곳이 되었다. 그런 점에서 척곡은 모성적 이미지를 지닌다. 산골짜기는 확장하는 공간이 아니라 집약하는 곳이다. 산골짝의 예배당은 탕자를 기다리며 간곡하게 기도하는 어머니의 오막살이집을 연상시킨다. 오막살이 예배당은 하나님 앞에 홀로인 예배당이며 고독하고 가난한 처소이다. 스스로를 헐벗기는 가난이야말로 이 예배당의 영광이다.

예배당 불빛은 예배당의 존재를 더 강화한다. 예배당에서 새어나오는 은은한 불빛을 따라 풍금 소리와 옛 찬송가가 울려 나올 것 같다. 예배당의 불빛은 아늑한 고향 집의 불빛을 떠올리게 한다. 기억은 장소와 함께 하는 것으로, 그곳에 있을 때 가장 나다워지는 장소가 고향이다. 이것이 고향의 견인력이다. 산골짜기 예배당은 언젠가 돌아가야 할 완전한 장소를 보여준다는 점에서 천국의 이미지와도 유사하다. 차를 몰고 비 오는 밤길을 돌아오는데 이 노래가 자꾸만 떠오른다.

아늑한 산골짝 작은 집에
아련히 등잔불 흐를 때
그리운 내 아들 돌아올 날
늙으신 어머니 기도해
산골짝에 등불 켜질 때
꿈마다 그리는 나의 맘
희미한 등불은 정답게
외로운 내 발길 비추네

7. 아늑한 산골짜기의 작은 교회 —봉화 척곡교회

8.

봄의 교향악이
울려 퍼지는 언덕

청라언덕과 제일교회

청라언덕은 기독교가 대구 지역에 뿌리내리는 데 중심 역할을 한 곳이다. 3·1만세운동길과 청라언덕으로 오르는 90계단, 제일교회, 선교사 사택, 대구동산병원, 은혜정원 등이 자리하고 있는 이 일대를 총칭해 청라언덕이라고 한다. 청라언덕의 언저리엔 대구의 대표적인 근대건축물인 계산성당과 시인 이상화 고택, 국채보상운동을 전개한 서상돈 고택, 선교사들이 세운 신명학교, 계성학교 등이 자리하고 있다. 또 오래된 약령시가 있고 그 뒤론 번화가인 동성로가 펼쳐진다. 당시 한국을 대표하는 시인 이상화, 이장희를 비롯하여 소설가 현진건, 화가 이인성, 이쾌대, 작곡가 박태준, 현제명 등이 이곳을 배경으로 활동하고 교류하며 수많은 작품들을 남겼다. 한마디로 이곳은 대구의 정신과 예술혼이 서린 곳이라고 할 수 있다.

청라언덕에 가기 위해 봄이 무르익기를 기다렸다. 푸른 담쟁이를 뜻하는 청라(靑蘿)라는 이름 그대로 언덕으로 오르는 계단과 선교사들의 집은 푸른 담쟁이넝쿨로 둘러싸여 있다. 언덕엔 봄 햇살이 쏟아져 온갖 꽃들이 만발하고 새들이 지저귄다. 박태준(1900~1986)의 노래처럼 봄의 교향악 속을 거니는 것 같다. 청라언덕은 시끄럽고 복잡한 도시 한가운데 자리 잡고 있지만 거리의 소음과 먼 또 다른 세계를 이루고 있다. 근대 골목 투어를 하러 온 사람들과 수학여행단으로 곳곳이 붐빈다. 하지만 이런 가운데서도 청라언덕은 포근하고 고즈넉하다. 마치 흑백 영화의 한 장면이 펼쳐지는 듯 100여 년 전 근대의 시간 속으로 빠져든다.

1.

봄의 교향악이 울려 퍼지는 청라언덕 위에 백합 필 적에

나는 흰 나리꽃 향내 맡으며 너를 위해 노래 노래 부른다

청라언덕과 같은 내 맘에 백합 같은 내 동무야

네가 내게서 피어날 적에 모든 슬픔이 사라진다

2.

더운 백사장에 밀려드는 저녁 조수 위에 흰 새 뜰 적에

나는 멀리 산천 바라보면서 너를 위해 노래 노래 부른다

저녁 조수와 같은 내 맘에 흰 새 같은 내 동무야

네가 내게서 떠돌 때에는 모든 슬픔이 사라진다

3.

서리바람 부는 낙엽 동산 속 꽃 진 연당에서 금새 뜰 적에

나는 깊이 물속 굽어보면서 너를 위해 노래 노래 부른다

꽃 진 연당과 같은 내 맘에 금새 같은 내 동무야

네가 내게서 뛰놀 때에는 모든 슬픔이 사라진다

4.

소리 없이 오는 눈발 사이로 밤의 장안에서 가등 빛날 때

나는 높이 성궁 쳐다보면서 너를 위해 노래 노래 부른다

밤의 장안과 같은 내 맘에 가등 같은 내 동무야

네가 내게서 빛날 때에는 모든 슬픔이 사라진다

—이은상 작사, 박태준 작곡, 〈동무 생각〉

청라언덕에는 〈동무생각〉 시비가 세워져 있다. 〈동무생각〉은
사계절을 배경으로 한다. 박태준은 우리가 흔히 알고 있는 〈기러
기〉, 〈오빠 생각〉, 〈맴맴〉, 〈산길〉 등을 작곡한 음악가로 윤극영,
홍난파 등과 함께 활동한 우리나라 1세대 음악가이다. 연세대 종
교음악과를 설립하여 우리나라 종교음악과 합창음악을 개척한
선구자이기도 하다. 박태준은 어린 시절부터 제일교회에 다니며
서양음악에 관심을 가졌다. 계성학교 시절 그는 인근 신명학교
에 다니는 백합 같은 한 여학생을 짝사랑했다. 여느 짝사랑이 그
렇듯이 박태준의 사랑도 상대가 전혀 눈치채지 못하는 혼자만의

사랑이었다. 시간이 흘러 마산 창신학교 음악교사가 된 박태준은 자신의 이야기를 시인 이은상에게 들려주었고, 이은상이 즉석에서 작사를 하고 박태준이 곡을 붙여 1922년 〈동무생각〉이라는 새로운 한국 가곡이 탄생했다.

청라언덕 위에 백합 필 적에

해마다 대구에서는 국제 오페라 페스티벌이 열린다. 박태준의 사랑과 음악 인생을 다룬 창작 오페라 〈청라언덕〉도 자주 무대에 오른다. 극은 이렇게 시작한다. 노년의 박태준이 신문을 읽다가 어릴 적 동무였던 안익태의 부고를 접한다. 추억에 잠기는 박태준 앞에 안익태가 나타나고 둘은 함께 공부하던 옛 시절을 노래한다. 추억 사이로 오랫동안 잊고 지냈던 첫사랑 유인경과 청라언덕이 떠오른다.

청라언덕은 박태준과 유인경의 사랑 이야기 위에 분위기 있는 근대 경관까지 곁들여져 더욱 로맨틱한 장소가 되었다. 이 시대는 연애의 시대이기도 했다. 연애는 사적인 차원을 넘어서 봉건적인 관습과 낡은 것에 대한 저항이었으며 신식 교육을 받은 청년들의 새로운 문화코드였다. 연애는 정신적인 사랑을 통해 남녀의 평등한 관계를 도모하려는 것으로 육체적인 순결은 필수조건이었다. 남녀가 서로 얼굴 대할 기회가 마련되지 않던 사회에서 교회는 남녀가 만날 수 있는 유일한 회합의 장소였다.

당시 출간된 잡지 《청춘(靑春)》은 "갓히 회당(會堂)에 출석(出席)하야 갓히 찬송(讚頌)을 부르게 되매 상제(上帝)의 압헤 평등(平等)한 여자(女子)라는 사상(思想)"을 갖게 되었다고 기록한다. 1931년 4월 28일자 동아일보에는 "야소교(耶蘇敎)가 드러오자 사랑이란 말이 일반적 용어가 되엿다"는 논설이 실려 있다. 이처럼 교회는 새로운 평등사상을 배우고 경험하는 장소였으며 기독교의 평등적 박애주의는 연애(사랑)의 정신적 기반이 되었다. 유교적 질서 아래 남녀 사이에 엄격한 거리를 두어야 했던 사회 분위기 속에서 기독교가 유입한 사랑이라는 개념은 남녀평등의 의미를 정착하는 데 중요한 역할을 했다.

기독교가 들어오기 전까지 사랑이니 연애니 하는 말들은 거의 쓰이지 않는 말이었다. 19세기 초 중국에 파송되어 온 선교사가 사랑을 연애로 번역하면서 1910년대 말부터 연애라는 말이 일반화되기 시작했다. 연애는 근대의 새로운 가치인 행복을 추구하는 것으로 새로운 유행과 문화, 예술, 문학 창작의 촉매제가 되었다.

그러나 당시 신청년들을 열광시킨 연애는 일본을 통해 유입된 새로운 사랑의 형태였다. 남녀의 사랑에서 연애는 결혼의 필수조건이었으며, 또 연애에서는 정조와 육체적 순결이 필수조건이었다. 애정에 기반하지 않은 결혼은 파기하는 것이 마땅하다는 새로운 목소리도 등장했다. 연애는, 남성의 종속물이 아닌 독립적 인간으로서 평등한 남녀관계를 도모하고자 한 신여성의 이미지를 확립해주었고 일부일처제의 사회적 확산에도 큰 역할을 했다.

8. 봄의 교향악이 울려 퍼지는 언덕 —청라언덕과 제일교회

1920년대라는 시대적 여건 속에서 연애는 신청년들에게 목숨과도 바꿀 수 있는 소중한 가치였으며 구호였다. 또한 연애는 유교적 질서 속에 묻혀 있던 개인성의 발견이었으며 남녀 간의 사랑 그 이상의 차원을 내포하고 있었다. 집안의 반대로 사랑을 이룰 수 없는 경우에는 생명을 내던지며 사랑의 신화에 목숨을 걸었다. 이런 일들이 젊은이들 사이에 빈번하게 발생했고 이들의 자살은 순결하고 헌신적인 사랑의 상징으로 부각되었다. 신문과 소설은 이들의 죽음을 순정을 지켜낸 사건으로 각색했고 대중들은 신문화에 대한 동경으로 이들의 사랑을 우상화했다.

〈동무생각〉은 이런 의식들을 모두 담고 있다. 그러나 계성학교를 다닌 박태준의 사랑은 가사처럼 청년의 이상이 담긴 순수하고 때 묻지 않은 사랑이었다. 솔로몬의 「아가」에 나오듯 백합은 순결과 청결의 상징이며 마리아를 상징하는 꽃이다. 청라언덕에서 사랑을 노래 부르는 청년은 건강한 육체와 기독교적 지성을 갖춘 청년이었다. 백합 같은 여학생을 향한 사랑은 욕망이 아닌 정신적인 사랑이었다. 이들의 사랑은 한 번도 사적으로 만나지 못했기 때문에 더 미화될 수 있었다.

오페라 〈청라언덕〉은 박태준의 친일 행적을 인정하면서 그의 음악사적 의미도 함께 조명한다. 또한 시공간을 넘나들며 현제명, 이은상, 이상화, 박태원 등 당대 문화예술인들이 등장해 극의 흥미를 돋운다.

스윗즈 주택 대구읍성을 허물 때 가져온 돌을 기초로 서양식 건축 구조에 기와를 얹고 토담을 둘러 한국의 미를 살렸다.

동산(東山) 가운데 사과나무

청라언덕의 역사는 대구 제일교회 설립자인 아담스와 동산의 료원 설립자 존슨 선교사가 달성 서씨 문중으로부터 달성토성 동 쪽에 있는 작은 산을 매입하면서 시작되었다. 이 동산 일대가 지금 의 청라언덕이다. 언덕에는 선교사들이 지은 붉은 벽돌집이 지금 도 그대로 남아 있다. 스윗즈 주택, 블레어 주택, 챔니스 주택이 차 례로 보인다. 이 집들은 한때 동산의료원의 교수 사택으로도 쓰였다. 이제 그들이 생활하던 공간은 의료선교박물관, 교육역사박물관이 되어 대구 지역 선교와 의료선교의 역사를 소개하고 있다. 특히 스윗즈 주택은 대구읍성을 허물 때 가져온 돌을 기초로 서양식 건축 구조에 기와를 얹고 토담을 둘러 한국의 미를 살렸다.

스윗즈 주택의 정원에는 대구 최초의 서양 사과나무 2세목이 자라고 있다. 존슨 선교사는 당시 미국에서 72그루의 사과나무 묘목을 들여와 키우기 시작했는데, 이것이 대구를 사과의 도시로 만드는 계기가 되었다. 이전에도 토종 능금이 있었지만 떫고 쓴 맛 때문에 과일로서 가치가 없었다. 온난화로 재배지가 경북 북부와 강원도로 올라가기 전까지 대구 인근에서는 과수 농사가 활발하게 이루어져 농가의 큰 소득원이 되었다.

흔히 에덴동산의 나무가 사과나무일 거라고 추측한다. 인류의 조상인 이브는 먹음직스러운 사과의 유혹을 이겨내지 못하고 낙원에서 추방되었다. 선악을 분별하게 하는 과일이었다면 그 맛 또한 유난하고 특별했을 것이다. 원래 금지에 대한 욕망은 강하다. 존슨 선교사가 사과나무를 심은 의도도 이 일대를 에덴동산처럼 풍요로운 곳으로 만들고자 하는 마음이었으리라. 그의 뜻대로 청라언덕은 꽃 피고 새 우는 아름다운 동산이 되었다.

은혜정원

고등학교 시절 동서문화사에서 나온 슈바이쪄(1875~1965)의 자

서전 『나의 생애와 사상』, 『물과 원시림 사이에서』, 『랑바레네 통신』 등을 읽었다. 슈바이처의 삶이 멋지고 훌륭해 보였다. 그러나 슈바이처에게도 현실은 만만한 것이 아니었다. 안정된 기반을 버리고 아프리카로 떠날 때 그는 전 재산을 팔아 준비를 했고, 의약품과 의료기구가 부족할 때마다 유럽으로 나와 오르간 연주회를 열어 모금활동을 했다. 또 1차 세계대전 중에는 전쟁포로가 되어 프랑스로 송환된 후 오랜 기간 남프랑스의 수용소에 억류되어 있었다. 그 수용소가 한때 고흐가 입원했던 아를의 생 레미 정신병원이다. 이 병원에서 나막신을 신고 의기소침하게 앉아 있는 슈바이처의 사진을 보면 그의 녹록지 않은 삶이 한눈에 느껴진다.

구한말 머나먼 조선의 대구에 도착한 미국 북장로회 선교사들의 현실도 척박했다. 이들은 대부분 대학을 졸업한 인재들로 본국의 보장된 삶을 버리고 소명의식 하나로 해외선교를 지원했다. 열악한 환경에서 선교의 꿈을 제대로 펼쳐보지도 못한 채 이른 나이에 죽음을 맞이한 선교사도 있었다. 그런가 하면 태어난 지 몇 달 만에 혹은 열흘이나 단 몇 시간 만에 세상을 떠난 선교사의 아기들도 있었다. 그러나 참척의 슬픔 가운데서도 선교사들은 복음을 전하고 학교를 세우며 의술을 베풀었다. 배척과 박해를 이겨가며 뿌린 씨앗은 대구경북 최초의 교회인 제일교회, 대구 최초의 여자학교인 신명학교, 지역 명문인 계성학교, 대구 최초의 종합병원인 동산의료원 등으로 결실을 맺었다.

선교사 주택 맞은편에는 은혜정원(Garden of Mercy)이 있다. 이곳

은혜정인 선교사들이 묻힌 묘지정인. 넬리 디 이담스의 묘비의 소텔의 묘비기 보인디.

은 선교사들이 묻힌 묘지정원이다. 사명을 다하고 세상을 떠난 선교사도 있지만 많은 선교사가 전염병이나 과로, 산후 건강 악화로 유명을 달리했다. 은혜정원에는 12기의 묘비와 묘석이 철쭉과 제비꽃에 둘러싸여 있다.

제일교회 설립자 아담스(James E. Adams, 1867~1929) 목사의 부인 넬리 딕 아담스(Nellie Dick Adams)의 묘비에는 이렇게 쓰여 있다. "She is not dead but sleepeth(그녀는 죽은 것이 아니라 자는 것이니)." 경북 북부 지역 선교를 준비하다가 풍토병으로 죽은 소텔(Chase Cranford Sawtell) 선교사의 묘비에는 "I am going to love them(나는 여전히 그들을 사랑한다)"고 적혀 있다. 죽어서도 변함없는 선교사들의 사랑에 뭉클해진다. 태어난 지 얼마 되지 않아 죽은 아기들의 작은 묘비를 보니 마음이 애잔하다.

2013년 9월에는 하워드 모펫(Howard F. Moffet, 1917~2013)과 부인 마거릿 모펫(Margaret D. Moffett, 1915~2010)의 유해가 은혜정원에 안장되어 묘비가 한 기 더 늘어났다. 하워드 모펫은 미국 북장로회 선교부가 파송한 의료선교사이다. 그는 1948년 동산병원 원장으로 임명된 뒤 1994년까지 46년 동안 한국과 동산병원에 헌신했다. 모펫은 평양에서 태어나 어린 시절을 보낸 선교사 2세로, 아버지는 한국 선교의 주역인 사무엘 모펫(Samuel A. Moffett, 1864~1939)이다. 아버지 모펫은 평양에 들어갈 때 "미국 귀신 물러가라"고 외치는 사람들의 돌에 맞아 쓰러졌다고 한다. 하지만 그는 쓰러진 자리에 교회를 세웠고, 평양을 중심으로 1천여 개 교회에서 10만여 명의 교인을 길러냈으며, 300여 곳의 소학교와 숭덕, 숭실, 숭의 등 수많은 기독교 학교를 설립했다. 하워드는 사무엘 모펫의 5남 중 4남으로 평양에서 초중고를 마친 뒤 미국에서 의과대학을 졸업하고 다시 한국으로 돌아왔다.

하워드 모펫은 수백만 달러를 모금해 동산병원을 증축하고 초현대식 간호학교와 기숙사를 지었으며 의사들을 미국으로 보내 동산병원의 의술을 세계적인 수준으로 끌어올렸다. 그는 해마다 미국 북장로회에 연례 보고서를 제출했는데 당시 병원 상황과 환자들의 모습을 꼼꼼하고 구체적으로 기록했다. 그의 보고서 중 일부이다.

60살 된 김진태라는 노인은 어느 교회의 장로이며 교회 신축 기성회의 회장직을 맡고 있었다. 그는 먼저 200달러를 건축 연보로 바쳤다. 그러나 더 이상 바칠 게 없어지자 눈을 팔거나 신체의 일부분을 팔아서 건축헌금을 바칠 작정으로 우리 병원에 찾아왔다. 우리가 눈을 빼줄 수 없다고 거절하자 그는 "많이 생각하고 기도한 끝에 결심한 것인데……"라며 앉아 울기 시작했다. 우리가 그의 눈을 사주지 않는다면 아무나 필요한 사람에게 그냥 주고 싶다고 했다. 우리는 계속 거절했다. 이러한 희생정신이야말로 이웃을 위해 봉사하려는 한국 교인들의 진정한 마음이다.

하워드 모펫과 부인이 묘비에 적힌 비문도 감동을 준다. "It was

their privilege to serve God and the Korean people whom they loved(그들이 사랑한 하나님과 한국 사람들을 섬기는 것이 그들의 특권이었다)."

선교사들은 고통과 역경을 겪으면서도 한국에 대한 사랑을 아들과 손자, 증손자에 이르기까지 대대로 이어갔다.

십자가에 매달리기 전날 밤 예수는 제자들을 물리치고 겟세마네 동산에 올라가 눈물과 땀을 흘리며 기도했다. 선교사들 또한 피하고 싶은 잔을 앞에 두고 울며 기도할 일이 많았으리라. 이들이 가난하고 낮은 자리로 온 지 한 세기가 흘러 무지와 어둠 속에 방치되어 있던 땅은 장미꽃처럼 피어나고 수많은 사람들이 찾아오는 대구 기독교 역사의 성지가 되었다.

전국 각지의 선교 거점에는 외국인 선교사들의 묘역이 조성되어 있다. 그들은 죽어서도 이 땅에 묻히기를 간절히 원했다. 가장 규모가 큰 서울의 양화진 선교사 묘역을 비롯하여 창원의 순직 호주 선교사 묘원, 대구의 은혜정원, 청주 일신여고 구내의 묘역, 공주의 영명고등학교 내 공주 선교사 묘지, 전주 선교사 묘역, 호남신학대학 구내에 자리 잡은 광주 선교사 묘지에는 자신을 돌보지 않고 헌신적으로 활동한 선교사와 그들의 가족이 묻혀 있다.

제일교회와 3·1만세운동길

청라언덕 한편에 제일교회가 우뚝 서 있다. 제일교회는 미

제일교회 미국 북장로회 선교부가 세운 대구경북 지역 최초의 교회.

국 북장로회 선교부가 세운 대구경북 지역 최초의 교회이다. 1893년 베어드(William M. Baird, 1862~1931) 선교사가 대구를 방문하여 첫 예배를 드린 후 아담스는 이 인근에 학교를 열었고 존슨은 동산의료원의 시초라 할 수 있는 미국약방을 열었다. 그렇게 시작한 교육사업은 신명학교, 계성학교로 발전했고, 의료사업은 대구경북 최초의 병원인 제중원이 되었으며 현재의 계명대학교 동산의료원으로 커나가 대구 메디시티 사업의 발판이 되었다.

　제일교회는 대구경북 지역에서 가장 오래되고 큰 교회이다. 잠시 교회 건물 안으로 들어선다. 대예배실 문이 굳건히 잠겨 있다. 교회 마당으로 나와 봄날 오후의 따뜻하고 은화한 공기를 마신다. 벤치에 느긋하게 등을 기대니 '쉴 만한 물가'에 발을 담근 기분이다. 올려다보니 화강암으로 세운 석조건물의 위용이 하늘을 찌른다. 1898년 아담스 선교사는 서자명, 정완식 등의 교인들과 함께 대구 남성로에 기와집 4개 동을 구입하여 교회를 건축하고 교세를 확장해 나갔다. 제일교회는 개척해 나가거나 분립한 교회가 20여 교회에 이를 정도로 대구 지역의 모교회로서 중요한 위상을 차지하고 있다. 옛 예배당은 대구시 유형문화재 제30호로 지정되어 현재 교회 역사관으로 사용 중이다.

제일교회 옆에는 3·1만세운동길이 있다. 대구의 만세운동은 일제의 감시를 피해 1919년 3월 8일 오후에 일어났다. 신명, 계성, 대구고보(경북고) 학생들과 교남기독교청년회 회원을 비롯한 교회 지도자들이 주축이 되어 거사를 일으켰다. 이들은 아담스 목사 사택 지하에서 독립선언문을 등사하고 집결지인 큰 장터 앞 빈터(현 섬유회관 정문 건너편)로 모였다. 시위 참가자들은 사복형사들의 감시망을 피해 동산병원 솔밭길로 흩어져 집결지로 향했다. 당시 통과했던 길이 지금의 90계단과 3·1만세운동길이다. 참가자 전원은 일경에 잡혀 유치장에 갇히고 주동인물들은 1~6년의 징역형을 선고받았다. 2003년 대구시와 동산의료원은 3·1운동 84주년을 맞아 역사적인 의미를 담은 이 길을 3·1만세운동길이라 명명했다.

1882년 3월 조미수호조약이 체결되면서 미국 북장로회 선교부는 평양과 서울에 이어 대구를 선교 전략기지로 삼고 선교사를

90계단 1919년 3월 8일 대구 만세운동 당시 시위 참가자들이 감시망을 피해 집결지로 향할 때 통과했던 길이나.

파송했다. 선교사 아담스, 존슨, 부루아는 남문 안에 있던 선교본부를 이곳 동산으로 옮기며 '여호와 이레의 땅'이라고 외쳤다. 여호와 이레는 '하나님의 산에서 준비되리라'는 뜻이다. 이들은 하나님의 뜻에 순종하고 인내했으며 하고자 하는 바를 겸손하게 실천했다. 그리고 모든 것이 그들의 기도대로 이루어졌다.

장소를 의미 있게 만드는 것은 나무와 숲이다. 청라언덕에는 소나무와 단풍나무, 느릅나무, 회나무, 벚나무, 감나무, 은행나무, 버드나무, 측백나무, 떡갈나무, 히말라야시다, 석류나무, 그 밖에도 온갖 꽃나무와 정원수들이 짙은 그림자를 드리우며 자라고 있다. 울창해져가는 봄 숲에서 눈부신 빛과 그늘의 깊이를 읽는다.

하나님의 섭리는 세월을 흐르며 천천히 크게 이루어졌다. 얼굴에 스치는 봄바람을 느끼며 새들이 지저귀는 소리를 듣는다. 나무 그늘 아래 앉아 그동안 사소하게 여겼던 여러 가지 일에 대해 감사의 기도를 드린다. 동산 전체가 아름다운 예배당이다.

9.

가을 햇살 쏟아지는 밀양

마산교회

주여, 때가 왔습니다. 여름은 참으로 길었습니다.

해시계 위에 당신의 그림자를 얹으시고

들에는 맑은 바람을 놓으십시오.

마지막 과일들을 익게 하시고

이틀만 더 남국의 햇빛을 주시어

그들을 완성시켜, 마지막 단맛이

짙은 포도주 속에 스미게 하십시오.

―R. M. 릴케, 「가을날」, 『릴케 시선』(송영택 옮김, 삼중당, 1976) 중에서

햇살이 빽빽하게 비치는 날 밀양(密陽)으로 간다. 가을 햇살이
국화꽃가루처럼 떨어진다. 세상이 온통 진하고 화려한 빛으로 물

들었다. 예배당 순례 덕분에 계절마다 미묘하게 달라지는 자연의 변화를 놓치지 않고 즐긴다.

밀양을 생각하면 제일 먼저 떠오르는 것이 영화 〈밀양〉이다. 〈밀양〉의 원작은 이청준(1939~2008)의 소설 「벌레 이야기」로, 1981년에 일어난 '이윤상군유괴살인사건'을 바탕으로 했다. 이 작품은 인간의 존엄성이 짓밟히면 한갓 벌레보다 하찮고 무력할 수밖에 없다는 내용을 담았다. 영화는 원작과 달리 배경을 경남 밀양으로 옮기고 표제를 '밀양'으로 바꾸어 밀양에서 촬영했다.

한 아이가 이유 없이 유괴를 당한다. 그리고 유괴범의 손에 죽는다. 유괴범은 곧 잡히고 죄질에 따라 사형선고를 받는다. 하지만 교도소에서 그는 어느새 기독교에 귀의해 하나님으로부터 용서를 받고 고통 속에 놓여 있는 피해자 가족과 달리 평온한 시간을 보내고 있다. 충격과 절망으로 자학의 시간을 보내던 아이의 엄마 또한 주위의 간곡한 권유로 교회에 나가게 되고 예배와 기도로 하루하루를 보내며 고통 가운데서도 마침내 범인을 용서할 만한 마음의 여유를 갖는다. 그러나 정작 그녀가 용서를 결심하고 교도소를 찾아갔을 때 범인은 피해자 가족의 용서 없이도 이미 하나님의 품에 안겨 구원의 은혜를 누리고 있었다. 가해자가 자신을 스스로 용서해버렸으니 속죄는 누가 대신한다는 말인가. 범인의 침착하고 평온한 모습을 보고 돌아온 아이의 엄마는 처절한 절망과 분노에 사로잡힌다.

그래요. 내가 그 사람을 용서할 수 없었던 것은 그것이 싫어서보다는 이미 내가 그러고 싶어도 그럴 수가 없게 된 때문이었어요.(중략) 하지만 나보다 누가 먼저 용서합니까. 내가 그를 아직 용서하지 않았는데 어느 누가 나 먼저 그를 용서하느냐 말이에요. 그의 죄가 나밖에 누구에게서 먼저 용서될 수 있어요? 그럴 권리는 주님에게도 있을 수가 없어요. 그런데 주님께선 내게서 그걸 빼앗아가 버리신 거예요. 나는 주님에게 그를 용서할 기회마저 빼앗기고 만 거란 말이에요.

—이청준, 「벌레 이야기」, 『벌레 이야기』(열림원, 2002), 169~170쪽

이창동 감독은 〈밀양〉에서 위대한 섭리자인 하나님 앞에서 도대체 인간이란 무엇인지, 인간의 존엄과 권리는 무엇인지를 묻는다. 영화라는 장르가 그렇듯이 〈밀양〉은 비슷한 시기, 수많은 사람들이 동시에 관람하면서 문학이 가지는 힘 이상의 큰 반향을 불러일으켰다. 이 영화는 신앙이 가지는 지극히 모순적인 한 부분을 사실적으로 보여주었다는 점에서 기독교인과 비기독교인 모두에게 큰 공감을 불러일으켰다.

결국 구원받는 자는 누구이며 누구에 의해 누가 구원으로 인도된다는 말인가? 일흔 번씩 일곱 번이라도 용서하라고 했지만 그것은 전지전능한 섭리자만이 가능한 일이 아닌가? 죽은 아이의 엄마는 어디에도 기댈 곳 없는 미칠 듯한 상황에서 약을 먹는다. 여기서 보통 사람들은 가해자에 의해, 혹은 종교에 의해 죄 없는

두 번째 희생자가 발생했다는 결론을 내리게 된다.

마산리 마산교회

밀양 마산교회는 밀양시 상남면 마산리에 있다. 마산리는 조선시대에 말을 갈아타던 교통의 요충지였다. 마산(馬山)이라는 지명은 여기에서 생겼다. 초행길이라 내비게이션의 지시에 충실히 따랐다. 하지만 상남면에 도착해서는 하천길로 가더니 다리를 건너고 강가로 내려가 보를 건너고 다시 맞은편 둑으로 올라와 막다른 산 앞에서 길이 끝나버렸다. 오후 예배에 참석하기로 했는데 대낮에 도깨비에 홀린 기분이었다. 제방에서 곡식을 말리고 있는 할아버지에게 길을 물었다. 노인이 손가락으로 가리키는 곳, 저 아래 아담하고 평화로워 보이는 마을이 마산리라고 한다.

길을 헤매고도 오후 예배 시간에 늦지 않게 도착할 수 있었다. 추수감사절을 앞둬서인지 "진짜 귀한 것은 다 공짜"라는 목사님의 설교가 마음에 와 닿았다. 정말 감사해야 할 것은 우리가 대수롭지 않게 여기는 산소, 물, 공기, 바람, 하나님의 은혜 같은 것들이다. 감사는 마중물과 같아서 감사할수록 감사할 일이 넘쳐난다. 매사에 감사하는 자세가 필요하지만 그것을 되새기고 실천하기란 쉽지 않다.

그런데 나이가 들어가면서 작은 일에도 감사하는 버릇이 생기는 것 같다. 어느 날 문득 인생이 별것 아니라는 것을 깨닫고 난

마산교회는 일제강점기 신사참배 반대운동의 거점이었고 수많은 기독교 지도자와 열사를 배출했다.

뒤로는 사소한 일에도 감사가 쉽게 흘러나온다. 툭하면 중얼거린다. 감사합니다! 오늘은 원고를 많이 쓸 수 있어서, 날씨가 화창해서, 오랜 시간 산책할 수 있어서, 감명 깊은 영화를 봐서, 상쾌한 음악을 들으며 식사할 수 있어서, 책을 읽는데 저자의 생각이 나와 일치하는 부분이 많아서, 내가 좋아하는 일을 직업으로 삼을 수 있어서 등등……

신사참배 반대운동

마산교회는 밀양 시내에서 제법 떨어져 있지만 오랜 역사와 전통을 가진 교회이다. 1896년 박건선, 박윤선 두 형제에 의해 예배가 시작된 이래 일제강점기에는 신사참배 반대운동의 거점이었고 수많은 기독교 지도자와 열사를 배출했다. 1938년 9월 조선예수교장로회 총회는 신사참배를 가결했다. 일제의 교회말살정책 아래서 박해를 피해 살아남기 위한 방책이었으며 살아남아 훗날을 도모하기 위한 최하의 선택이었다. 그러나 종교가 부정한 권력에 저항하지 않고 스스로 자신의 역할을 회피한 사건으로 비판받을 여지가 충분했다. 격렬한 고민 끝에 내린 결론이었지만 이 결정은 일제에 협조하겠다는 뜻으로 비칠 수밖에 없었다.

마산교회는 신사참배를 단호하게 반대하고 나섰다. 마산교회 이인제 전도사는 신사참배로 사직한 한상동 목사를 청빙하고 자신은 마산교회를 떠나 남북을 오가며 은밀하게 신사참배 반대운동을 펼쳤다. 마산교회는 한상동 목사와 박수민 장로가 중심이 되어 신사참배를 완강하게 거부했다. 일본 순사들의 예배 방해가 집요했다. 그러나 교회는 끝까지 신사참배와 동방요배를 거부했다. 두 사람은 밀양경찰서에 불려가 온갖 구타와 모욕을 당한 끝에 한상동 목사는 평양형무소로 끌려가고 박수민 장로는 구타로 청력을 잃은 채 석방되었다.

초기 교인들은 기독교를 받아들이는 과정에서 이미 친족과 문중의 무수한 비난과 핍박을 받았다. 기독교를 받아들여 제사를 중단하는 일은 자신의 근본을 부정하는 일이나 마찬가지였고, 조상의 음덕과 문중의 뿌리를 부정하는 자에게는 온갖 조롱과 멸시가 돌아왔다. 마산교회의 시초가 된 박건선, 박윤선 형제의 경우, 주민들은 한동네에 살면서도 동회 결의에 따라 이들과 왕래를 끊고 말조차 건네지 않았다. 형제는 주민들과 마주칠 때마다 거친 욕설을 들었고 매를 맞아 코뼈가 부러지는 등의 수모를 겪어야 했다. 박수민 장로는 예수를 믿는다는 이유로 밀양 박씨 문중에서 파문당하고 농토마저 몰수당하는 바람에 가족들은 굶주림에 허덕였다.

1940년 전시동원 체제 아래 신사참배 반대자들에 대한 검거가 일제히 시작되었다. 이것은 식민지인에 대한 또 다른 압박이자 수탈이었다. 이인제 전도사와 한상동 목사는 투옥되어 광복이 되기까지 평양형무소에서 수감생활을 했다. 당시의 열악한 수감 환경은 곧 죽음을 뜻하는 것이었다. 수많은 사람들이 광복을 보지 못하고 영양실조로 죽어 나갔다. 이들의 행동은 신앙을 지키기 위한 것이었지만 동시에 일제의 정통성을 부정하는 애국 저항운동이었다. 1945년 해방과 더불어 투옥된 사람들이 모두 석방되자 마산교회는 그해 11월 출옥 성도 환영 잔치를 열었다. 신사참배 거부로 청주교도소에 이감되어 복역했던 손양원 목사가 밀양 마산교회까지 와서 설교를 했다.

1차 세계대전 이후 나치가 유대인 박해를 시작했을 때 대부분의 독일 교회는 침묵했다. 이 침묵은 나치에 대한 암묵적인 동의일 수밖에 없었다. 니묄러(Martin Niemöller, 1892~1984) 목사가 이끄는 고백교회 운동이 일어나기 전까지 독일 교회와 독일 국민은 히틀러의 권력에 조용한 시녀 노릇을 계속했다. 고백교회는 1935년 바르멘 선언을 통해 나치에 대한 불복종을 결의하고 성서 왜곡과 국가의 교회 지배에 반대하고 나섰다. 수많은 이들이 순교한 한국 교회의 신사참배 거부운동은 독일의 고백교회 운동 이상으로 세계 기독교 역사에서 중요한 사건이 되었다.

새로운 역사

목사님과 대화를 이어갈수록 놀라운 이야기들이 쏟아져 나온다. 마산교회는 신앙의 선배들이 쌓아놓은 과거의 역사만을 간직한 교회가 아니라 새로운 역사를 만들어가는 교회이다. 1939년과 1951년에는 상남면 외산리의 대흥리에 두 개의 교회를 각각

분립시켰다. 분쟁으로 인한 분립이 아니라 10리 이상 먼 길을 마다 않고 하루도 빠짐없이 새벽기도회에 나오는 교우들의 수고를 덜어주기 위한 일이었다. 두 교회가 안정될 때까지 건축비와 교역자 생활비 상당 부분을 마산교회가 부담했다.

마산리는 첫눈에도 면소재지답지 않게 풍요로운 인상을 주었다. 일찍이 이곳에서는 새마을운동의 전신이라 할 수 있는 농민소득증대운동이 시작되었다. 1969년 고 이영수 장로는 박정희 대통령을 만나 논농사만으로는 생계유지가 어렵다고 호소하고 밀양을 농업특화지역으로 지정해줄 것을 요청해 허락받았다. 또 김영식 목사는 주민들에게 양계와 양돈을 장려해 지역을 부유한 농촌으로 만들어 나갔다. 실제로 마산교회 주변은 낡은 농가나 작은 밭뙈기 등이 보이지 않고 선진국의 여느 농촌처럼 풍요롭고 안정된 모습이 느껴졌다.

마산교회는 테마공원 '역사의 숲'을 조성해 한국교회사의 중요 자료들을 전시하고 있다. 담임 목사님는 한국 기독교 역사의 산증거가 되고 있는 마산교회에 역사박물관을 짓겠다는 뜻을 품고 여러 지역을 다니며 기독교 관련 근대 사료들을 상당량 수집하여 보관 중이다.

해가 기울어 쌀쌀했지만 목사님을 따라 야생화 단지인 초애원으로 나왔다. 늦가을로 이울어지는 시기라 황량했지만 이 황량함이 한때의 풍성했던 자취임을 충분히 짐작할 수 있었다. 마산교회는 초애원을 통해 많은 사람들이 들꽃에 깃든 하나님의 사랑을

마산교회가 소장한 기독교 관련 근대 사료 선교사 제임스 게일이 쓴 『코리안 스케치』와 『예수
성교전서』.

직접 체험하기를 바라고, 나아가 진정한 에덴동산으로 거듭나기
를 꿈꾼다고 했다. 마산교회는 역사박물관과 초애원을 지역주민
들에게 개방해 누구나 찾아올 수 있는 휴식처로 만들고자 한다.
이제 교회는 종교 외의 목적으로도 지역사회와 교류하고 그들을
불러들여 쉬게 하고 치유하는 역할을 담당하며 그러한 일에 기꺼
이 장소를 제공해야 할 때이다.

자정하고 개혁해야

최근 언론에서 뜨겁게 다루어졌던 성직자 납세에 대한 이야기

가 나왔다. 오랜 기간 성직자들은 국민의 기본 의무인 납세에서 제외되는 특권을 누렸다. 최근 대한예수교장로회 총회에서는 성직자 납세반대를 결의했다. (이후 총회는 "납세문제는 성직자에 대한 사회적 책임과 지도자적 사명뿐만 아니라 선교적 전략으로 볼 때 계속 미루어 나갈 문제는 아니다"라고 태도를 수정했다.) 이에 대해 목사님은 총회라는 권력이 불법을 결의하는 것은 위법이며 범죄라고 목소리를 높였다. "가이사의 것은 가이사에게 하나님의 것은 하나님에게" 바쳐야 한다고 가르쳤는데 왜 성직자는 정정당당하게 성실납세의 의무를 지키지 않는 것인지 이해할 수 없다고 했다.

성직자들의 납세의무 이상으로 논쟁거리가 되었던 것이 교회 세습 문제이다. 교회가 북한의 권력세습이나 재벌의 세습경영을 흉내 내는 것도 아니고 이 무슨 종교의 타락상을 보여주는 작태인가. 한때 목숨을 내놓고 신사참배를 반대했던 고신교단조차도 교회세습 반대에 대한 결론을 유보한 상태이다. 이것은 기득권자가 그 기득권을 혈연관계에 있는 자에게 그대로 넘기겠다는 말로 교회 내부는 누구도 이 문제에서 자유롭지 못하다는 뜻이다. 세습의 문제는 비단 도시의 대형 교회뿐만 아니라 시골의 작은 교회도 피해 갈 수 없는 심각한 문제가 되었다.

한국 교회는 성장을 멈춘 지 오래다. 내부에서 자정하고 개혁하지 않으면, 사회의 모범이 되지 않으면 공멸할 수밖에 없다. 예전에 기독교는 성실함과 건전함의 상징이었지만 지금은 어느새 부패의 상징이 되어버렸다. 더 이상 순교할 일도 박해받을 일도 없는 기독교가 태평성대를 누리다 보니 물질추구와 탐욕, 타락의 길로 들어서버렸다. 이 죄를 누가 다 짊어지고 갈 것인가?

목사님은 사례비가 200만원이라고 했다. 일반인들의 월급과 비교하면 적다. 하지만 더 필요 없다고 했다. 교회에서 주거와 쌀, 차량유지비, 통신비까지 모두 해결해주는데 200만원은 공돈이 아니냐고 반문한다. 말씀 내내 고개를 끄덕이며 경청한다. 언제 어디서든 소수의 옳은 사람들이 있어 역사의 수레바퀴는 삐걱거리지만 바른 곳을 향해 굴러간다.

순교할 일은 없지만 어떤 시대보다 예수를 믿고 그 믿음대로 살아가기가 쉽지 않은 시대이다. 개인의 자유가 최대한 신장되어 누군가에게 함부로 간섭할 수 없고, 즉물적인 감각과 쾌락을 추구하는 시대인 만큼 뿌리치기 어려운 유혹들이 도처에 있다. 늘 스스로를 돌아보며 어떻게 살 것인가를 고민해야 바르게 살아갈 수 있다.

최근 종교개혁 500주년을 맞아 루터대학교에 재직 중인 독일 출신의 이말테 교수가 한국 교회의 위기와 희망을 역설한 바 있다. 그는 한국 교회의 위기에 대해 율법주의와 교권주의, 돈에 대한 지나친 관심과 현세주의, 도덕적 타락 등을 지적했다. 지금 한국의 개신교회가 루터 시대의 가톨릭과 닮아 있다는 것이다. 새로운 개혁이 절실히 요청되는 시점이라는 뜻이다.

감사하는 삶

담임 목사님이 펼쳐 보인 목회관과 신앙관에 대한 여운이 남아 고속도로를 돌아오는 길 내내 마음이 즐겁다. "아 내 맘 속에 참된 평화 있네/ 시험 닥쳐와도 흔들리지 않아/ 아 귀하다 이 평안함." 찬송가 가락이 저절로 우러나온다. 마태복음 5장에 나오는 팔복에 대해 생각한다. 심령이 가난한 자, 애통해하는 자, 온유한 자, 의에 주리고 목마른 자, 긍휼히 여기는 자, 마음이 청결한 자, 화평케 하는 자, 의를 위하여 핍박을 받는 자는 복이 있다고 했다. 예수가 가르쳐주신 복은 우리가 생각하는 세속적이고 물질적인 복이 아니다. 예수를 안다는 것은 이런 영혼의 기쁨을 아는 것이다. 구해야 할 모든 것의 첫째는 지혜이며, 그 안에 선의 완전한 형식이 자리 잡고 있다고 했다.

감사는 가치관의 문제이며 균형의 문제이다. 행복은 믿음과 소망, 사랑에서 온다. 또한 다른 사람을 행복하게 할 때 행복이 온다. 오늘날처럼 기회가 적은 저성장시대에는 기대치가 높을수록 좌절하거나 불행해질 확률이 높다. 결핍의 시대를 살아가는 최선의 방법은 감사하고 현재에 만족하는 것이다.

지난여름 벼린 칼날처럼 살기등등하던 햇살은 가을이 깊어갈수록 녹슨 칼날처럼 무뎌지고 있다. 무딘 햇살을 받으며 소를 몰듯 천천히 차를 몰아 집으로 돌아온다. 오늘 하루도 부족함 없는 말씀으로 그득히 채웠다.

나를 섬기는 자는 슬프고, 나를 슬퍼하는 자는 슬프다. 나를 위하여 기뻐하는 자는 슬프고 나를 위하여 슬퍼하는 자는 더욱 슬프다. 나는 내 이웃을 위하여 괴로워하지 않았고, 가난한 자의 별들을 바라보지 않았나니, 내 이름을 간절히 부르는 자들은 불행하고, 내 이름을 간절히 사랑하는 자들은 더욱 불행하다.

―정호승, 「서울의 예수」, 『서울의 예수』(민음사, 1982) 중에서

10.

천국은 숲의 모습일까

지리산 노고단의 수양관

눈을 감고 잠잠히 생각하라.

무거운 짐에 우는 목숨에는

받아가질 위안을 더하려고

반드시 힘 있는 도움의 손이

그대들을 위하여 내밀어지리니.

(중략)

멍에는 괴롭고 짐은 무거워도

두드리는 문은 멀지 않아 열릴지니,

가슴에 품고 있는 명멸의 그 등잔을

부드러운 예지의 기름으로

채우고 또 채우라.

—김소월, 「신앙」, 『김소월 시집』(범우, 2011) 중에서

소월(1902~1934)의 작품 중에 이런 시가 있는 줄 미처 몰랐다. 만일 그가 조금 더 오래 살았더라면 기독교에 깊이 귀의했을지도 모른다. 그는 현실과 이상의 괴리 속에서 무기력하게 살아가는 자신의 모습에 괴로워했다. 그의 괴로움이 이 시에서도 느껴진다. 독자들에게는 명멸하는 등잔을 '채우고 또 채우라' 하고선 그는 서른세 살의 젊은 나이로 세상을 등졌다.

소월은 민족사학인 오산학교 출신이다. 1919년 오산학교 학생과 교직원 전원은 3·1만세운동에 참여했고 일제는 오산학교를 독립운동의 본거지로 파악하고 불태워버렸다. 흔히 민요시와 한의 시인으로 알려져 있는 소월 시의 상당 부분은 이상주의적 성격을 띠고 있다. 그것은 기독교 학교인 오산학교의 이상주의적 이념의 영향이 크다. 시각을 조금만 달리하면 소월은 시대적 전변 속에서도 자신의 '하늘'에 도달하기 위해 끊임없이 몸부림쳤던 시인이다.

일찍이 척박한 조선 땅에 온 선교사들의 삶도 순탄하지 않았다. 그들이 남긴 자취를 찾아 지리산으로 길을 나선다. 지리산이라는 이름만으로도 중압감이 밀려온다. 해발 1507미터의 고지 노고단에 오를 생각에 부담감이 컸지만 용기를 내어 출발한다. 도로가에 황금 들판이 누부시게 펼쳐지고 산국화가 지천으로 피

어 있다. 지리산은 생각만큼 먼 곳에 있지 않았다. 해방과 한국 전쟁을 겪으며 좌우 이데올로기 대립과 갈등을 극단적으로 보여준 곳, 그래서 심리적으로 더 먼 곳에 있었던 것 같다.

산 아래 식당에서 산채비빔밥으로 점심을 해결하고 노고단을 향해 오른다. 도로는 가파르다는 느낌이 전혀 들지 않을 정도로 잘 정비되어 있다. 해발 1100미터 성삼재 주차장에 차를 세우고 사방으로 탁 트인 경치를 감상한다. 내려다보는 가을 풍경이 장관이다. 굵직굵직하게 펼쳐진 능선 아래로 오밀조밀하게 들어선 인가와 논밭이 정답게 보인다.

노고단 선교사 수양관

노고단 수양관이 있다는 지점을 향해 걷는다. 노고단 가는 길은 큰 노고를 하지 않아도 된다. 저 아래 마을에는 가을이 한창인데 등산로에는 나뭇가지마다 눈꽃이 화사하게 피어 장관을 이루고 있다. 가장 느긋하고 나이 많은 계절이라는 겨울이 시작되는 길목이다. 그러고 보니 눈꽃은 나무에서 돋아난 흰 수염 같기도 하다. 발아래 사각사각 밟히는 소리와 감촉이 상큼하다. 한 아름 눈을 쏟아낸 하늘은 구름 한 점 없이 푸르고 청명하다. 공기는 신선하다. 장시간 차를 운전하고 온 피로가 순식간에 달아난다.

노고단 선교사 유적지는 노고단 대피소 근처에서 쉽게 찾을 수 있다. 대피소에는 일찍이 수능을 마친 학생들이 단체로 여행을

노고단 가는 길 저 아래 마을에는 가을이 한창인데 등산로에는 나뭇가지마다 눈꽃이 화사하게 피었다.

왔는지 북적거린다. 하지만 근처의 유적지에는 별 관심이 없는 듯하다. 이곳에 담긴 사연이 그리 간단치만은 않을 텐데 안내문은 간략하기만 하다.

1910~20년대 조선에는 풍토병이 극심했다. 호남에서 활동하던 미국 남장로회 선교사와 가족 중 67명이 이질과 말라리아로 세상을 떠났다. 특히 영유아 사망률이 높았다. 아이들은 열에 여덟 꼴로 목숨을 잃었다.

벽을 진흙으로 쌓고 지붕은 볏짚이나 기와로 덮었지만 너무 낮아서 처마가 땅에서 6피트에 불과하고, 오두막집이 후면은 길을 향해 굴뚝을 내어 코 정도의 높이에서 연기가 뿜어져 나온다. 변소는 길 옆에 흐는 도랑 위에 걸쳐 지었지만 주로 여자들이 사용하고 남자들과 아이들은 길에서 용변을 봐 도로 전체가 화장실이 되고 있지만 다행히 우기가 오면 자연의 덕으로 씻겨 나간다.

평양에서 일했던 선교사 셔우드 홀(Sherwood Hall, 1893~1991)의 기록이다. 이런 비위생적인 상태는 비단 평양뿐만이 아니었다. 조선 민중이 사는 거주지 대부분이 이런 상황이다 보니 여름이면 풍토병과 역병이 기승을 부렸다. 콜레라, 천연두, 열병, 한센병 등 온갖 피부병과 호흡기, 소화기 계통의 질병과 전염병이 사람들의 생명을 앗아 갔다. 하지만 민중들은 제대로 된 치료를 받지 못하고 침술이나 악귀를 쫓아내는 무당에 의지하고 있었다.

초기 개척 선교사들 또한 최악의 환경에서 장티푸스와 콜레라, 발진티푸스, 이질, 말라리아 등의 풍토병과 싸워가며 조선인들을 섬겼다. 남장로회 선교부는 귀환명령을 내렸지만 이들은 참상 속에서도 조선을 떠나지 않았고 이곳에 남을 수 있는 다른 방법을 모색했다. 선교사들은 풍토병을 피해 살아남을 방법으로 일반인이 출입하기 어려운 해발 800미터 이상의 서늘한 지역인 노고단에 수양관을 짓기로 했다. 노고단 수양관은 존 프레스턴(John Fairman Preston, 변요한, 1875~1975) 선교사가 주도해 1921년부터 건축을 시작했다. 처음에는 천막 7개 동과 원목주택 6개 동에 불과했지만 1940년대에는 예배당과 돌집 등 건물 56개 동이 갖추어졌고 50여 명의 직원이 근무하는 한국의 대표적인 외국인 수양단지가 되었다.

선교사와 가족들은 여름이면 깊은 산중으로 피신해 성경을 번역하고 조선과 아시아의 선교전략을 모색하며 재충전을 했다. 지리산 수양관은 구약성경 개역 작업이 이루어진 공간이었다. 개역 작업은 1920~30년대에 이루어졌으며 평양에 이어 서울과 지리산 지역이 활동을 주도했다. 한글판 성경 보급은 문맹을 퇴치하고 민중 속에 한글을 정착시키는 데 중요한 역할을 했다. 민중의 언어인 한글로 성경을 번역하면서 한글 문법을 체계적으로 정리한 곳도 지리산 수양단지였다. 이러한 점에서 노고단 수양관은 한국 교회사에서뿐만 아니라 민족문화사에서도 중요한 의미를 가지는 장소가 되었다. 호남 선교의 개척자인 윌리엄 레이놀즈(William Davis Reynolds, 1867~1951)는 '선교를 하려면 한국말부터 제대로 하라'며 선교사들에게 한국어를 혹독하게 가르치고 시험까지 치렀다. 노고단 수양관은 호남 지역뿐만 아니라 영남, 충청, 경기 지역의 선교사들까지 휴식처로 이용했다.

근대사의 뜨거운 지점

지리산 수양관도 일제의 횡포를 피해 갈 수 없었다. 1935년 남장로회 선교부는 신사참배를 수용할 수 없다고 공식적으로 선언했고, 1937년에는 호남 지역의 10개 학교가 신사참배를 거부하여 일제의 강압 아래 문을 닫았다. 1940년 남장로회 선교부는 모든 자산을 고스란히 남겨둔 채 본국으로 철수할 수밖에 없었다. 일제에 의해 추방당한 남장로회 선교사들은 노스캐롤라이나주 몬트리트의 선교사 안식관에 모여 살았다. 이들은 본국에서도 조선을 그리워하며 자주 한복을 입고 지냈다.

노고단 수양단지는 한국 근대사의 가장 뜨거운 지점에 놓여 있었다. 1948년 여순사건 당시에는 제주 4·3사건 진압을 거부한 부대원들이 노고단 수양관을 거점으로 활동했고, 한국 전쟁 중에는 빨치산이 점거하는 것을 막기 위해 국군이 이곳 전체를 소개(疏開)해버렸다. 여순사건과 한국 전쟁, 빨치산 소탕작전 등을 거치며 노고단 유적은 완전히 파괴되었다. 현재는 석조 건물인 예배당 벽체만 일부 남아 있다.

노고단 수양관이 폐허가 되자 남장로회 선교사들은 이곳을 대체할 다른 장소를 물색했고 1962년부터 지리산 왕시루봉에 수양관을 짓기 시작했다. 지금은 가옥 10채와 창고, 교회 1동이 남아 있다. 외증조부부터 4대에 걸쳐 한국 선교를 이어온 세브란스 외국인 진료센터장 인요한은 여름에 이곳에 올라오면 아버지는 종일 뒷방에서 본국에 후원금을 요청하는 편지를 타이핑하고 형제들은 아버지가 숙제로 내준 교리서를 열심히 외웠다고 회상한다.

최근엔 교계를 중심으로 선교사 유적지를 등록문화재로 지정해야 한다는 운동이 일어나면서 시민단체와 불교계의 반발에 부

노고단 수양관 선교사들은 풍토병을 피해 살아남을 방법으로 일반인이 출입하기 어려운 해발 800미터 이상의 서늘한 지역인 노고단에 수양관을 지었다. 현재는 석조 건물인 예배당 벽체만 일부 남아 있다.

딮혔다. 노고단 수양관은 자연과 생태계를 훼손한 불법건축물이며 조선 민중의 노동을 착취한 결과로 만들어진 건축물이라는 것이다. 그러나 당시 선교사들은 생존이 걸린 절실한 이유가 있었고, 통상 임금의 몇 배를 주며 인부들에게 일을 시켰다. 등산로가 없던 때라 산을 오르는 데 익숙하지 않은 여성과 어린아이들만 인력거를 타고 올라갔다.

하지만 따가운 여론 속에 숨은 뜻을 새겨들어야 한다. 이들의 목소리에는 그동안 기독교가 보여준 자기중심적이고 배타적인 태도에 대한 비판이 담겨 있다. 한국 교회는 성장이라는 이름 아래 덩치 키우기에 바빴고 지켜야 할 것이 많아지다 보니 교회 밖의 사회 변화에 무심했으며 손해 보는 게 싫어 사회 제 문제에는 눈을 감고 귀를 닫았다. 한마디로 기독교의 가르침을 실천하는 일에는 철저히 게을렀다. 더불어 이들의 목소리에는 선교사라면 현지인의 삶으로 들어가 그들을 이해하고 그들과 비슷한 수준의 생활을 해야 하며 그렇지 않을 경우 감정적인 반발에 부딪힐 수 있다는 뜻이 포함되어 있다.

성경 번역과 한글 보급, 항일구국운동, 의료봉사

그럼에도 한국의 근대화 과정에서 선교사들의 노고와 헌신을 간과하기는 어렵다. 이들은 척박한 식민지 조선에 와서 병원과 학교, 고아원을 세웠고 최초의 외국어사전을 만들었으며(불한사

성경을 번역해서 민중들에게 한글을 보급했다. 일찍이 미국 북장로회 선교부는 모든 문서를 순한글로 인쇄한다는 방침을 세웠다. 세종대왕이 한글을 창제한 후에도 한글은 400년 이상 한국인에게 외면당하고 있었으나 기독교를 만나 과학적인 원리와 우수성을 한껏 발휘할 수 있었다. 선교사들은 성경과 찬송가 외에도 「텬로력뎡(천로역경)」,「쟝원량우상론(장원양우상론)」「셩교촬리(성교촬리)」와 같은 기독교 문서를 한글로 출판했으며,「협성회회보」(1898), 「매일신문」(1898), 「독립신문」(1896) 등을 배제학당의 활판소에서 인쇄했다.

1944년 조선에서 소학교를 졸업한 사람은 전체 인구의 10.6퍼센트밖에 되지 않았지만 기독교인 중에는 문맹이 드물었다. 한글은 민중의 글이었다. 의료와 교육, 전도사업에 있어서 선교사들은 남녀노소와 신분질서를 따지지 않았다. 농민과 부녀자들은 배우기 쉽고 읽기 쉽고 쓰기 쉬운 한글을 익히며 문맹에서 벗어나 자의식을 깨쳤고 평등을 기반으로 하는 기독교 정신을 통해 어두운 시대에도 자신의 능력을 펼쳐 나갈 수 있었다. 최현배를 비롯해 일제의 민족문화말살정책에 대항하여 우리말, 우리글을 수호한 사람들도 대부분 교회와 기독교 학교를 배경으로 활동하던 교인들이었다. 일제의 서슬이 시퍼런 시대에도 우리말과 우리글을 공식적으로 상용한 곳은 교회가 유일했다. 기독교가 한글을 지켜내는 데 얼마나 지대한 역할을 했는지 짐작할 수 있는 부분이다.

이외에도 항일구국운동의 한편에 기독교가 자리하고 있었다.

기독교는 평안도 지방을 중심으로 가장 먼저 전파되었다. 조선전기 오랫동안 낙후되었던 이 지역은 조선 후기에 들어서면서 서울을 제외하고 문과 급제자를 가장 많이 배출한 곳으로 부상했다. 특히 평안도 정주는 영조 이후 170년간 전국 군현 중에서 급제자를 최고로 많이 배출했으며, 개화기에 접어들어서는 근대의 새로운 사상과 학문, 종교를 적극적으로 받아들였다. 선교사들을 통해 근대 지식을 빠르게 흡수한 이 지역은 오산학교를 세우고 애국계몽운동가들을 수없이 배출했다. 이들은 독립협회에 가입했으며 청교도 윤리에 입각한 물산장려운동과 청년운동, 농촌운동 등을 전개했다. 개화기 선교사들의 선교는 정치와 무관한 복음주의적 전통을 고수하고 있었지만 입교자들은 구국의 방안을 모색하기 위해 기독교에 입교하는 경우가 많았다.

개신교는 활발한 교육운동을 전개했고 예배를 통해 자유와 평등의 가치를 전파하고 일제의 침략에 맞서는 애국기도회 등을 개최하며 청년들을 적극적인 항쟁으로 이끌었다. 일제는 개신교를 배일집단으로 간주했다. 1907년 도산 안창호가 서북 기독청년을 중심으로 설립한 애국비밀단체인 신민회의 활동, 1910년 무관학교 설립을 추진하고 독립자금을 모으던 황해도 지역의 기독교 애국인사 160명이 검거된 안악사건, 같은 해 12월에 일어난 데라우치 총독 암살사건, 1911년 105인 사건 등은 기본적으로 항일의 성격을 띤 기독교 단체들의 투쟁 활동이었다. 일제는 기독교인과 선교사들을 탄압해 저항세력을 해산하고 일체의 항일운동을 근절시키기 위해 전력을 기울였다.

그러나 1911년 조선의 개신교인은 이미 20만 명에 달했다. 개신교인들은 1919년 전국에서 일어난 3·1만세운동의 25퍼센트를 주도했고, 투옥된 수는 전체 수감자의 17.6퍼센트에 달했다. 이들은 예수의 십자가 죽음이 로마의 정치적 억압에 대항하는 의미를 가지듯이, 3·1만세운동 또한 불의한 권력에 맞서는 저항이며 이러한 저항이야말로 기독교인의 참된 자세라고 생각했다. 이들의 애국신앙에 감동한 조선 민중은 기독교에 가슴을 활짝 열기 시작했다.

국가와 이웃, 친척과 가족에게조차 버림받은 백정과 한센병 환자, 결핵 환자, 부랑자를 돌본 이도 선교사들이었다. 선교사들은 조선에서 가장 천대받는 사람들을 사랑으로 돌보고 치료해주었다. 하나님의 세계에서 인간은 신분과 지위, 빈부귀천을 막론하고 그 자체로서 정당성을 가지는 고귀한 존재이기 때문이다. 먼 나라의 낯설고 불편한 환경에서 미천한 사람들을 돌보는 일은 신앙의 힘이 아니면 불가능한 것이었다. 선교사들의 믿음과 희생, 헌신과 봉사는 하늘과 사람 사이의 담을 허무는 이사무애(理事無碍)와 사람과 사람 사이의 담을 허무는 사사무애(私事無碍)의 마음이며, 우리 전통사상이자 교육의 기본이념인 홍익인간(弘益人間)과 경천애인(敬天愛人)의 정신에 가닿는 것이었다. 이러한 전통에 따라 지금까지도 한국 사회의 봉사활동은 기독교가 거의 절반을 담당하며 이어왔다고 해도 과언이 아니다.

숲은 최초의 동산

숲은 인간이 먹고사는 데 필요한 소비재를 넉넉하게 공급하는 공급원이자 몸과 마음을 치유하고 정화하는 장소이며 상상력과 영감을 제공하는 지혜의 장소이다. 숲은 최초의 동산이기도 하다. 이 숲에서 인간은 본연의 가장 순수한 모습으로 돌아간다. 지리산 노고단 능선을 걸으며 일상에 찌들었던 몸과 마음이 편안해지는 것을 느낀다. 숲이 뿜어내는 청정한 기운을 마시며 숲에서 보내는 하루가 몇 수레의 책보다 낫다는 존 무어의 말을 실감한다. 선교사들이 지리산 노고단에 예배당과 수양관을 짓기로 작정한 것은 풍토병을 피하기 위한 현실적인 이유가 컸지만 자연 속에 담긴 창조주의 위대한 잠언을 찾고자 하는 또 다른 염원이 더 크지 않았을까 짐작해본다.

천국은 늘 숲의 모습일 거라 생각했다. 그래서인지 항상 산이 가까운 곳에 살았다. 어떨 땐 숲이 나를 부르는 것 같기도 했다. 녹색갈증을 앓는 도시인의 증상으로 치부할 수도 있지만, 노고단 수양관을 돌아보며 삼림 훼손이 극심했던 시기 조선에서 가장 울창한 숲을 발견한 선교사들이 이곳에 그들의 여름 천국을 건설한 것이 아닌가 하는 생각이 든다.

능선에 피고 지는 야생화를 볼 수 없어 아쉬웠지만 대신 메마

노고단 능선길 선교사들은 자연 속에 담긴 창조주의 위대한 잠언을 찾고자 하는 염원으로 이곳에 수양관을 짓지 않았을까.

른 나뭇가지에 핀 눈꽃을 볼 수 있어서 좋았다. 조선의 지독한 가난과 척박하고 비위생적인 환경 속에서 그들의 멍에는 무거 웠지만 두드리는 문은 친친히 열렸다. 그리고 그들의 희생과 헌신을 바탕으로 한국 기독교는 풍요로운 열매를 맺었다. "가슴에 품고 있는 명멸의 그 등잔을/ 부드러운 예지의 기름으로/ 채우고 또 채우라." 산길을 내려오면서 소월의 시를 암송한다. 시는 또 하나의 기도이다.

우리 본성의 선한 천사

여수 애양교회

더러는

옥토에 떨어지는 작은 생명이고저……

흠도 티도

금가지 않은

나의 전체는 오직 이뿐!

더욱 값진 것으로

드리라 할 제,

나의 가장 나아종 지닌 것도 오직 이뿐.

아름다운 나무의 꽃이 시듦을 보시고

11. 우리 본성의 선한 천사 —여수 애양교회

열매를 맺게 하신 당신은,

나의 웃음을 만드신 후에

새로이 나의 눈물을 지어주시다.

—김현승, 「눈물」, 『다형 김현승 전집』(다형김현승시인기념사업회, 2012)

김현승(1913~1975)의 「눈물」을 읽다 보면 많은 생각이 떠오른다. 시인은 아들을 잃은 슬픔을 신앙으로 극복하며 이 시를 썼다. 하나님의 명령에 순종해 아들을 기꺼이 제물로 바쳤던 아브라함과 신실한 사람 욥. 하나님은 아브라함을 시험하기 위해 그의 가장 값진 것, 나중 지닌 것을 요구했다. 어쩌면 그것은 하나님의 외아들 예수의 죽음을 상징하는 사건이기도 하다. 죽음은 생명의 영속성을 위한, 생명을 위해 생명을 취하는 상징적이고 역설적인 행위이다. 어떤 죽음이든 종교적이지 않은 죽음은 없다. 그런데 왜 선한 사람은 끊임없이 시험에 놓이고 불행을 겪어야 하나. 선하지 않았더라면 힘든 시험에 놓이지 않았을뿐더러 불행을 겪지 않아도 되었을 텐데.

조선 최초의 한센병 치료병원

1905년 목포에서 활동하던 의료선교사 포사이스(Willy H. Forsythe, 1873~1918)는 급성 폐렴에 걸린 동료 선교사 오언(Clement C

Owen, 1867~1909)이 위독하다는 연락을 받고 광주로 향했다. 가는 길에 온몸이 고름에 짓무르고 심한 악취를 풍기는 목불인견의 한센병 환자 여인을 만났다. 그는 도움을 청하는 여인을 말에 태우고 자신은 걸어서 광주 선교병원으로 왔다. 오언 선교사는 이미 숨을 거둔 뒤였다. 포사이스는 이 여인이 살 곳을 마련해주고 극진히 돌본 뒤 목포로 돌아갔다. 선교사가 한센병 환자를 구해준다는 소문이 돌자 광주의 선교병원으로 환자들이 몰려들기 시작했다.

광주 선교병원은 이 일을 계기로 한센병 환자를 치료하기 시작했고, 1912년에는 선교사 윌슨(Robert M. Wilson, 우일선)이 주축이 되어 광주군 효천면 봉선리에 한센병 집단 치료소를 열었다. 광주에 이어 매켄지(James N. McKenzie, 매견시) 선교사가 부산에 한센병 치료 병원을 열었고 1913년에는 플레처(Archibald G. Fletcher, 별이추) 선교사가 대구에 한센병원을 설립했다. 광주병원은 개원 1년 만에 입원환자가 33명으로 늘어났다. 환자들은 선교사들의 정성 어린 치료에 감화를 받아 모두 자발적으로 기독교에 입교했고 학습 세례를 받았다. 세례문답 과정에서 한 환자는 이런 간증을 했다. "나는 나환자가 된 것을 축복으로 여깁니다. 병으로 인해서 그리스도 아래 놓였고 그리스도가 나를 위해 죽었다는 것을 배웠기 때문입니다." 당시 한센병은 경상남북도와 전라남도에서 주로 발생했다. 이런 이유로 '문둥이'는 이 지역의 살갑고도 진한, 반어적인 의미를 나타내는 토속적인 욕설이 되었다. 가족조차 외면

하고 멸시의 대상이었던 한센병 환자들을 돌보기 위해 병원을 짓는 일은 당시 조선 천지에 처음 있는 일이었다.

광주 한센병원은 성장을 거듭해 1916년에는 입원환자가 120명으로 늘어났고 환자 전원이 교인이 되었다. 1926년에는 입원환자가 600여 명에 달했다. 입원을 원하는 사람들이 몰려들어 병원 규모가 커지자 총독부는 병원과 교회에 광주에서 나가달라는 퇴거 명령을 내렸다. 미국 남장로회 선교부는 이전 계획을 세우고 후보 선정위원회를 구성해 전라남도 여수의 한적한 바닷가에 부지를 확보하고 건축에 착수했다. 교회와 병원을 마을 중심에 둔 새로운 환센병 환자 공동체 애양원이 설립되었다. 1927년 선교사 윌슨은 환자들을 데리고 광주에서 여수로 이사를 단행했다. 대부분의 환자들이 여수까지 먼 길을 걸어서 이동했고 이 과정에서 몸이 약한 환자 상당수가 죽음을 맞았다.

손양원 전도사 부임

애양원은 윌슨 목사에 이어 엉거 목사가 담임을 맡았지만 환우들과 동고동락하고 자유롭게 소통할 수 있는 한국인 목회자의 필요성이 절실했다. 이에 따라 손양원(1902~1950) 전도사가 애양원에 부임했다. 당시 애양원은 소록도 병원과 마찬가지로 직원 구역과 환자 구역이 철조망으로 분리되어 있었다. 당회실도 목회자와 상토식 사이에 유리 잔믹이가 가로믹고 있이시 칭을 기오데

애양원 예배당 애양원은 교회와 병원을 마을 중심에 둔 새로운 한센병 환자 공동체였다.

11. 우리 본성의 선한 천사 —여수 애양교회

두고 대화를 나누어야 했다. 손양원 전도사는 부임하자마자 이 칸막를 없앴다. 그리고 철조망으로 구분되어 있던 환자 구역을 수시로 드나들었다. 손양원 목사는 애양원을 환자들의 격리 시설이 아니라 사랑이 실현되는 신앙공동체로 만들고자 했다.

1938년 조선예수교장로회 총회는 신사참배를 가결했다. "신사에 참배하는 것은 애국적인 사항이므로 모든 교회가 그렇게 할 것이며 반대할 일이 아니다"라는 권고문을 총회장의 명의로 각 교회에 발송했다. 총회는 일제의 통제 아래 있었다. 외국인도 국적을 막론하고 호출을 받아 신사참배에 반대하지 말 것을 지시받았다. 총회의 결의문에 대해 선교사들은 반발했다. 신사참배는 십계명의 제1계명을 위반하는 일이며 종교의 자유를 침해하는 일이다. 이것은 조선예수교장로회 교회헌법에도 위배된다. 선교사들은 총회의 편의주의적 신앙에 신랄한 비판을 제기했다. 그것은 이 땅을 섬기고 있는 선교사들에게도 최소한의 발언권을 주어야 한다는 항의의 성격이 강했다.

일제의 강압에 못 이겨 대다수 교회와 교인들은 신사에 참배했다. 그러나 목숨을 걸고 끝까지 참배를 거부하다가 투옥되거나 순교하는 기독교인이 점차 늘어나기 시작했다. 선교사들은 신사참배 문제로 일제의 압력에 시달리다가 결국 1940년부터 한국을 떠났다. 1942년 마지막까지 남아 투옥생활을 하던 탈마지 선교사와 루트, 도슨, 크레인 부부가 떠나면서 일제는 남장로회 선교부가 남기고 간 재산을 모두 흡수했다. 애양원과 애양병원도 일제의 관할로 넘어갔다. 환자들의 식사는 하루 두 끼로 줄고 병원 안에는 불만을 가진 환자들을 처벌하기 위한 감옥이 새로 생겼다.

손양원 전도사는 신사참배를 거부하다가 종신형을 선고받고 청주 교도소에서 복역하던 중 해방을 맞았다. 고문으로 한쪽 시력과 한쪽 청력을 잃었다. 신사참배 거부로 투옥당하고 순교하는 일은 다른 종교에서는 거의 찾아볼 수 없는 개신교만의 염결성을 보여주는 특별한 사건이다. 이것은 일제의 부당한 권력에 맞선 기독교인의 저항정신과 실천적 애국신앙을 단적으로 보여주며 한국 교회의 순교가 순국의 의미까지 포함하고 있음을 알려준다.

일흔 번씩 일곱 번이라도 용서하라

그때에 베드로가 나아와 가로되 주여 형제가 내게 죄를 범하면 몇 번이나 용서하여 주리이까. 예수께서 가라사대 네게 이르노니 일곱 번뿐 아니라 일흔 번씩 일곱 번이라도 할지니라.

—「마태복음」 18 : 21-22

해방 후 1946년, 손양원 전도사는 목사 안수를 받는다. 그리고 1948년에는 여수·순천 사건이 일어나 동인과 동신 두 아들을 동시에 좌익 청년들의 손에 잃는다. 예수쟁이에 친미파라는 것이 이유였다. 사건이 진압되고 두 아들을 죽인 범인이 잡혔다. 손 목사는 급히 딸 편에 편지를 보내 사형장으로 끌려가기 직전에 있던 안재선을 구명했다. 안재선은 손 목사의 두 아들을 죽이고 시신에 확인 사살까지 한 인물이었다. 손 목사는 안재선을 양자로 삼았다.

원수를 사랑하라, 왼뺨을 맞으면 오른뺨도 내밀라는 계명을 몸소 실천했던 손양원 목사의 신앙에 감동하면서도 용서에 그치지 않고 원수를 양자로까지 삼은 일은 많은 사람에게 오랫동안 이해가 되지 않는 사건이었다. 인류 역사에서 칼을 두드려 쟁기를 만들려는 시도는 성공한 적이 없었다. 도덕군자의 논리는 항상 적에게 손쉬운 먹잇감을 제공할 뿐이었다. 이러한 딜레마 속에서 적을 향한 호전성을 키워 나가고 지금도 세계 각국은 평화유지와 전쟁 억제책의 하나로 엄청난 양의 대량살상무기를 개발하고 있다. 어쩌면 이러한 무기의 위험성을 알기에 전쟁의 가능성 또한 그만큼 줄고 있다고 해도 과언은 아니다.

인간은 처벌을 통해서 사회조직의 건전성을 확인하고 안정감을 얻는다. 또 상대보다 더 호전적이어야 아무도 건드리지 않는다. 이러한 원리에서 보자면 손양원 목사의 행동은 선을 가장한 지독한 위선이 아닌가 하는 의구심이 들기도 했다. 계명의 실천도 좋지만 안재선을 8개월 동안 가족과 함께 살게 하며 장남 역할을 맡긴 것이나 전국의 부흥회에 데리고 다니며 간증을 시킨 일은 아무리 이해하려 해도 이해하기 어려운 부분이었다.

지독한 인내와 희생, 증오와 용서의 심리적 투쟁을 겪으면서도 예수의 사랑을 이루고자 했다면 그보다 나은 방법이 있지 않았을까? 손양원 목사의 신앙에 공감하면서도 동시에 그것은 노골적 자선이나 스스로 예수가 되려는 도전 내지 자기실험처럼 느껴지기도 했다. 혹은 경쟁적 이타주의나 자기과시는 아니었나 하는 의심도 들었다.

안재선은 용서를 받고 손 목사의 양자가 되었으나 그를 바라보는 교인들의 시선 또한 평범하지 않았다. 안재선은 갈수록 심리적 부담을 느끼며 위축되었고 손목사의 권유로 시작한 신학 수업도 접게 되었다. 그는 손 목사의 사택에서 나와 여수 앞바다의 무인도에서 양식업을 하며 생계를 꾸렸으나 그마저 여의치 않아 서울로 가서 숨어 사는 신세가 되었다.

1950년 6월 25일, 전쟁이 터졌다. 그해 7월 23일에는 북한군이 전라도 일대를 점령하고 여수와 순천에 입성했다. 손양원 목사는 지역의 우익인사로 교화대상자로 분류되었다. 그는 율촌 지서에서 여수 경찰서로 이송되어 소위 학습이라는 것을 받았으나 도리어 북한군에게 전도를 하다가 장총의 개머리판에 얼굴을 맞아 입이 으깨지는 일을 겪었다. 이후 손양원 목사는 지서에서 끌려나와 이동하던 중 1950년 9월 28일 여수 둔덕동(당시 마평 과수원)에서 사살되었다.

장례식에는 양자인 안재선이 참석해 상주 역할을 했다. 성자, 순교자라는 칭송을 받았지만 남은 가족의 충격과 고통은 이루 말할 수 없었다. 그들은 가족의 연이은 참상에 좌절했고, 믿음을 버리고 싶을 만큼 현실을 추스르기가 어려웠다. 그러나 그들은 불행을 참고 이겨내는 자체가 축복이라는 것을 알고 있었다. 생각해보면 손 목사와 두 아들 동인과 동신, 안재선과 유족들은 모두 분단과 이데올로기의 비극이 낳은 희생자들이었다. 이들은 일제 말에서 한국 전쟁에 이르는 근대사에서 가장 험난했던 시기, 한국 사회의 상처와 고통을 고스란히 뒤집어쓴 사람들이었다.

선으로 악을 이기라

> 그러므로 형제들아 아무에게도 악을 악으로 갚지 말고 모든 사람 앞에서 선한 일을 도모하라. 네 원수가 주리거든 먹이고 목마르거든 마시우라. 악에게 지지 말고 선으로 악을 이기라.
>
> —「로마서」12 : 17-21

용서만이 고통과 증오의 사슬을 끊을 수 있다. 용서하지 못하는 한 우리는 증오의 감옥에 갇힐 수밖에 없다. 증오의 본성을 초월하지 못하면 원한의 손아귀에 붙들려 노예가 되고 만다. 용서로 치유를 받는 사람은 용서하는 사람이고 용서로 풀려나는 사람 또한 용서하는 사람이라고 했다.

하지만 정의의 측면에서 본다면 예수의 용서도 손양원 목사의 용서도 공평하지 못한 행위이다. 마르쿠스 아우렐리우스(Marcus

손양원 목사 순교 기념비
그는 예수의 제자가 된다는 것
의 엄중함을 몸소 보여준 사람
이었다.

Aurelius Antoninus, 121~180)는『명상록』에서 "복수를 하는 가장 좋은 방법은 네 적처럼 하지 않는 것이다"라고 했다. 유대인들은 2차 세계대전 동안 나치가 자행한 학살을 용서하되 잊지는 않는다는 원칙을 고수하고 있다.

안재선은 죽는 날까지 손 목사의 자녀들과 소식을 주고받았다. 손양원 목사의 아들도 안재선의 아들도 목사가 되었다. 안재선의 아들은 아버지의 주홍글씨와 원죄의 무게에 눌려 오랫동안 자학의 시간을 보낸 후에 양할아버지인 손양원 목사의 가르침을 실천하고 있다. 사랑과 용서의 씨앗은 옥토에 떨어져 싹을 틔우고 열매를 맺었다. 그리고 수많은 사람들에게 사랑과 용서의 의미를 전하고 있다.

가장 나중 지닌 것

역사의 소용돌이가 휩쓸고 지나간 애양원 교회는 한적하다. 사무실은 비어 있고 예배당 주변은 인적이 없다. 기독교 지도자들을 양성하던 여수신학교 건물은 이제 교회 역사 전시관으로 바뀌어 있다. 바닷가에 우뚝 서 있는 애양병원은 1960년대까지만 해도 한센병과 소아마비 전문 치료병원이었지만 지금은 정형외과 수술과 일반 피부과 진료로 전국에 명성이 자자하다. 강원도와 제주도, 울릉도 등지에서도 환자가 몰려온다. 직원 180명에 병상이 200개에 이른다. 가난한 사람들을 위한 전통도 그대로 남아 있어 돈 문제로 치료를 받지 못하는 환자는 없다.

공존과 협력의 시대라고 하지만 이타적 행동은 훗날의 보답을 기대하는 상호호혜적인 경우가 대부분이다. 그래서 선은 항상 의심을 받는다. 손양원 목사는 불의한 결과에 대해 불의하게 대응하지 않았으며 악을 악으로 갚지 않고 선으로 갚고자 했다. 그는 "흠도 티도 금가지 않은 나의 전체"와 "더욱 값진 것", "가장 나중 지닌 것"을 드린 사람이었다. 그의 고민과 고뇌가 이제야 이해되기 시작한다. 그동안 거머쥔 을 쓴 채 십자가에서 산산이 부서진 예수의 고통을 가슴 깊이 새기지 못했다. 손양원 목사의 용서와 사랑은 가능성을 초월하는 가능성이었다. 그는 예수의 제자가 된다는 것의 엄중함을 몸소 보여준 사람이었다. 세상사의 온갖 부조리와 부조화, 슬픔과 괴로움 속에서도 바르게 살아가야 할 당위성을 그의 용서와 사랑의 정신을 통해 새롭게 배운다.

이 시대는 이기적이고 자기중심적이며 조금은 못되게 살아가는 것이 똑똑하게 사는 것으로 인식되는 시대이다. 선한 사람은 뭔가 부족하고 어리석어 보이며 매력이 없다. 악의 정체는 다양하여 쉽게 파악되지 않지만 선은 쉽게 파악된다. 선에 비해 악은 에너지로 가득 차 있다. 악은 축적되어 있는 에너지가 부정적인 방향으로 격발하는 것이다. 이것은 선한 사람을 무력하게 만든다.

절대선, 순도 100퍼센트의 선은 없겠지만 신문의 사회면을 보면 절대악, 순도 100퍼센트의 악은 도처에 널려 있는 것 같다. 그런 속에서 선과 악은 언제나 서로 역전되고 도치되며 위치를 바꿀 준비가 되어 있다. 대중문화 속에서도 사람을 긴장시키는 나쁜 남자, 나쁜 여자가 세련된 현대인의 정형으로 등장한다. 일일연속극에서는 악녀들이 등장해 한바탕 피바람을 뿌릴수록 시청률이 올라간다. 배우들도 악역을 맡아야 인기가 오른다. 악역은 매력적인 캐릭터이다.

대중문화가 적극적으로 악의 아름다움을 부추기는 시대에 선은 시대에 뒤처지는 둔함이나 늘어짐을 내포하는 단어로 전락해 가는 중이다. 진, 선, 미의 세계는 고전적이고 교과서적인 가치로

만 남아 있고, 그 빈자리를 악의 미, 추의 미, 파괴의 미가 채워가고 있다. 원죄로부터의 악에서 인간은 영원히 자유롭지 못한 것 같다.

진, 선, 미가 사라져가는 공허한 세상에서 어떻게 진리로 악을 극복하고 선으로 세상을 이겨나갈 것인가? 인간이 다른 인간을 괴롭히고 궁지에 내몰아 죽이고 고문하는 일에서는 어떤 의의도 찾을 수 없다. 어떤 식으로든 마침내 선은 악을 초월한다. 그러나 인간에게는 이 사이에 작용하는 긴 시간이 온갖 평지풍파를 불러일으킨다. 문제는 악이 거창한 존재가 아니라 가까운 이웃 속에 평범한 모습으로 존재한다는 사실이다. 한나 아렌트가 지적한 악의 평범성을 거론하지 않더라도 일상의 곳곳에 크고 작은 악이 넘쳐난다.

하지만 신학자들은 부정적인 가치가 전체의 긍정적인 가치에 공헌한다고 말하고 있다. 악은 선의 영역에 흡수되어 선을 아름답게 발휘하는 데 기여한다는 뜻이다. 악이 선을 더욱 아름답게 만든다는 뜻으로 해석할 수 있다. 도스토옙스키는 '아름다움이 세상을 구할 것이다'라고 했다. 세상이 추하기 때문에 우리는 진리와 선의 아름다움을 더욱 갈망한다. 한국 교회의 대표적인 순교자 주기철 목사는 적에 대한 증오를 넘어선 사랑을 강조했다. 원수를 용서하고 사랑해야 하는 정신적 기반을 여기서 다시 얻을 수 있을 것 같다.

손양원 목사의 신앙 더욱 은 충직과 일관성이었다. 그를 생각하다 보니 브래드 피트가 주연으로 나온 영화 〈흐르는 강물처럼〉 중의 유명한 대사가 떠오른다. 도박꾼들의 폭력에 아들을 잃고 순식간에 늙어버린 매클린 목사는 마지막 예배에서 이런 설교를 한다. "완전히 이해할 수는 없어도 완전히 사랑할 수는 있다." 참 기독교인이 된다는 것은 참 인간이 된다는 뜻이다. 손양원 목사는 삶이 도전받을 때마다 사랑과 믿음으로 응전했다. 손양원 목사의 삶은 욥의 역경을 연상시킨다. 그들이 당한 일은 그들의 악덕으로 야기된 일이 아니었으며, 삶과 죽음, 명성과 불명예, 고통과 쾌락, 부와 가난은 선한 자에게도 악한 자에게도 똑같이 주어지는 것이다. 선과 악, 생과 사는 양극에 있으면서도 한쪽이 다른 한쪽을 불러들일 때 더욱 완전한 모습을 갖추게 되는 모순적이면서도 포괄적인 구도이다.

수업 시간에 학생들과 함께 욥기를 읽었다. 학생들은 욥을 운이 없는 사람, 하나님은 자연의 법칙이나 섭리, 사탄은 자연재해 혹은 사건 사고로 해석했다. 인과응보는 일반적인 진실이지만 욥은 이에 해당되지 않았을 뿐이며, 선한 사람들의 길은 하나여서 맞닥뜨리는 것이 고난의 길이 되는 경우가 많다고 했다. 학생들의 생각에 어느 정도 수긍을 했다. 그렇다면 우리는 과연 선과 악, 신과 인간, 죄와 벌의 길항 속에서 제대로 균형 잡힌 모습으로 살아가고 있는지…….

손양원 목사는 선과 악의 경계뿐만 아니라 생과 사의 모순적인 관계까지 넘어서고자 한 것으로 보인다. 그의 죽음은 예수의 속

죄 제의를 그대로 따르고자 한 것이었다. 손양원 목사는 수많은 인생의 폭풍우 속에서도 흔들림 없는 신앙의 일관성을 보여주었으며 삶의 가혹한 투쟁 속에서도 인간 본성의 선한 모습을 실천하고자 했다. 그가 행한 용서는 종교와 이념을 넘어서 이 시대의 수많은 갈등과 분열까지도 포괄하는 더 큰 의미를 지닌다.

히틀러 시대를 묵과한 독일 교회를 비판하고 히틀러 암살에도 가담했던 디트리히 본회퍼(Dietrich Bonhoeffer, 1906~1945) 목사는 「자유에 이르는 길」이라는 시에서 이렇게 썼다. "자유는 사고 속에 있지 않고 오직 행동에만 존재한다. 두려워 머뭇거리지 말고 인생의 폭풍 속으로 들어가라."

12.

당신들의 천국(賤國),
당신들의 천국(天國)

소록도 교회

보리피리 불며
봄 언덕
고향 그리워
피-ㄹ 닐리리

보리피리 불며
꽃 청산
어린 때 그리워
피-ㄹ 닐리리

보리피리 불며
인환(人寰)의 거리

인간사 그리워

피-ㄹ 닐리리

보리피리 불며

방랑의 기산하(幾山河)

눈물의 언덕을 지나

피-ㄹ 닐리리

—한하운, 「보리피리」, 『보리 피리』(삼중당, 1975)

소록도를 생각하면 제일 먼저 시인 한하운(1919~1975)이 떠오른다. 중학교 2학년 무렵 삼중당 문고에서 나온 한하운 시선집을 사서 「보리피리」, 「파랑새」, 「자화상」, 「전라도 길」 등을 읽었다. 당시 200원 하던 책을 버리지 않고 지금도 커버째 보관하고 있다. 「보리피리」에는 인간의 희로애락과 돌아갈 수 없는 유년의 고향을 그리워하는 심정이 담겨 있다. 그리움의 심경은 '피-ㄹ 닐리리'라는 피리의 음향으로 함축되어 격정과 애절함을 남긴다. 한하운의 시는 절박한 리듬과 애절한 음조로 한국적 서정을 담았다. 시행은 피리 소리의 여운이 퍼져 나가는 드넓은 울림의 공간을 만든다. 이것은 전통 한국화가 가지는 여백의 공간과 닮았다.

생을 자학하던 시인은 고향의 자연에 기대어 항구적인 삶을 꿈꾸지만 '봄 언덕'과 '꽃 청산'은 쉽게 닿을 수 없는 유토피아이다. 이것은 억압적인 사회 시스템 속에 위축되었던 자아를 떨치고 자연의 생명력에서 자신의 본질과 평화를 찾으려 했던 시인의 의지를 표명한다.

한센병은 환자를 격리시킨 최초의 질병이다. 한센병은 신체가 일그러지고 치료법이 없다는 사실 때문에 천형으로 해석되었다. 신체 변형이 불러일으키는 공포는 한센병을 질병 이상의 것으로 간주하게 만들었다. 사회는 환자들을 격리시키고 이들에게서 악의적인 상징들을 계속 만들어냈다.

한센병 환자에 대한 격리는 합법적으로 이루어졌다. 환자는 추방을 당하는 동시에 사회적 사망선고를 받았다. 실제로 중세에는 한센병 환자들에게 외출할 때마다 방울을 지니고 다니도록 했고, 15세기 초 프랑스와 영국 일부 지역에서는 모의로 매장하는 의식을 통해서 환자들을 효과적으로 축출하고 일반인들과 분리시켰다. 격리와 추방은 수용이라는 형식으로 바뀌었지만 이것 또한 자선과 징벌의 의지가 뒤섞여 있었다. 격리와 수용에는 단순한 의료적인 의미를 넘어서 감시와 통제의 체계가 작동했다. 외부와 일체의 접촉을 끊어야 했던 한센병 환자에게는 정치, 경제, 사회, 문화, 종교, 도덕과 관련된 수많은 부정적인 의미가 동시에 개입되어 있었다. 이런 현상은 격동기 한국 사회에서 더 강하게 작동되었다.

환자를 격리시킨 최초의 질병

구약성경 「욥기」에서는 하나님이 의인 욥을 시험하고 큰 시련을 겪게 한다. 욥이 얻은 병은 한센병으로 다분히 속죄적 성격을 띤다. 속죄는 기독교 전통이 한센병을 죄의 상징으로 강하게 고정시켜놓고 있다는 사실을 알려준다. 이 외에도 성경은 한센병 환자를 치료하는 예수의 기적을 통해 한센병에 대한 기독교만의 독특한 인식론적 폭력을 드러낸다.

1873년 노르웨이의 의사 한센(1841~1912)이 나병의 원인균을 발견하고 1941년 항생제가 개발된 후에도 한센병과 한센병 환자에 대한 인식은 왜곡된 이미지로 각인되어 병을 병 자체로 파악하지 않았고 여전히 고대적 차원의 은유에 머물러 있었다. 현대에 와서도 한센병은 한동안 사실과 허구가 구분되지 않는 상상의 영역에서 취급되며 사회 문화적으로 부정적인 의미를 지속적으로 생산해냈다. 한센병은 여전히 불치병이자 천형이며, 한센병 환자는 전염성이 강한 위험한 존재이자 사회적 잉여자 내지는 하위자로 남아 있었다. 이에 따라 한센병 환자에 대한 추방과 감금은 필수적이었으며 때로 전염에 대한 공포가 극대화되어 한센병 환자에 대한 집단 폭력으로 나타나기도 했다. 이러한 폭력은 대부분 정당화되었다.

특히 일제하에서 한센병 환자는 강제로 격리를 당했고, 해방 전후로는 국가가 개입한 탄압과 인권유린에 속수무책으로 노출

되었다. 한센병은 사회와 국가권력이 적극적으로 개입해 통제한 저주의 질병이었다. 하지만 환자들은 이러한 일련의 행위에 대해 아무런 저항도 못 하고 숙명으로 받아들일 수밖에 없는 사회적 약자이자 최하위자들이었다. 소록도에서만 하더라도 1942년 강제노동과 학대, 굶주림에 지친 환자가 원장을 살해한 이춘상 사건, 1945년 84인 학살 사건, 1957년 비토리섬 집단살상 사건, 1960년대 오마도 간척사업 등 한센병 환자들을 착취하고 인권을 유린한 사건과 그로 인한 비극이 계속해서 일어났다. 이것은 한센병 환자에 대한 국가권력의 불평등한 태도를 그대로 보여주는 사건이었다.

한센병 환자는 사회적 희생양이었다. 정치적으로나 경제적으로 안정되지 못한 나라에서는 이러한 현상이 더 두드러졌다. 사회 전체의 폭력성이 희생양에게 집중되었고 사회적 합의 속에서 희생양을 향한 야만은 정당화되었으며, 사회는 이러한 과정을 통해 나름의 안정과 질서를 유지해 나갔다. 한센병은 지금 우리나라에서는 거의 사라진 병이 되었지만 제3세계에서는 여전히 기승을 부리고 있다. 문제는 병의 흔적 때문에 완치된 후에도 여전히 환자 취급을 당한다는 데 있다.

소록도 병원은 1916년 조선총독부가 전남 고흥군 도양읍 소록도를 한센병 환자들의 격리장소로 지정하면서 자혜의원이라는 이름으로 처음 설립되었다. 당시 경찰서장은 감염 의심자를 검사하고 출입 지역을 제한할 수 있었으며, 도지사는 환자의 직업을

12. 당신들의 천국(賤國), 당신들의 천국(天國) ─ 소록도 교회

제한하고 요양소에 강제로 입원시킬 수 있는 권한을 가지고 있었다. 또 일제는 1915년부터 우생 수술로 환자들에게 강제 낙태와 정관수술을 실시했다.

가도 가도 붉은 황톳길
숨 막히는 더위뿐이더라

낯선 친구 만나면
우리들 문둥이끼리 반갑다.

천안 삼거리를 지나도
쑤세미 같은 해는 서산에 남는데

가도 가도 붉은 황톳길
숨 막히는 더위 속으로 쩔름거리며
가는 길.

신을 벗으면
버드나무 밑에서 지까다비를 벗으면
발가락이 또 한 개 없다.

앞으로 남은 두 개의 발가락이 잘릴 때까지

가도 가도 천리길, 전라도 길.

—한하운, 「전라도 길—소록도로 가는 길」, 앞의 책

전라도 길은 한하운 시인의 시구에 나오듯 가도 가도 붉은 황톳길이다. 수세미 같은 해도 서산에 걸려 있다. 소록도는 여의도의 1.5배에 달하는 약 430만 제곱미터의 면적에 7개 마을과 교회가 있다. 갈 때마다 섬의 중심에 있는 가장 큰 연합교회에서 예배를 드렸다. 연합교회는 소록도에 수용된 환자 전체가 동시에 예배를 드릴 수 있는 규모로 환자들이 직접 흙을 나르고 벽돌을 구워 지은 건물이다. 갈 때마다 환자들의 찬송가 소리가 우렁찼다. 방문객을 환영하는 박수 소리도 기운이 넘쳤다. 병이 환자들의 육체를 일그러뜨려 놓았지만 표정은 더없이 밝고 평화로웠다.

이제까지 소록도를 다룬 책이나 기사는 대부분 소록도를 비참한 장소로 극화시켰다. 일그러진 얼굴과 손가락 발가락이 떨어져 나간 중환자들의 모습을 집중적으로 보여주며 그들의 불행을 최대한 비극적으로 다루었다. 그리고 그들이 겪은 억울하고 처참한 역사를 중점적으로 조명했다. 그래서인지 환자들의 모습을 보고도 그다지 놀랍지 않았다. 오히려 친근함마저 느꼈다. 하지만 매번 단체방문이라 이들의 삶을 가까이에서 살펴볼 여유가 없었다. 그래서 이번엔 섬을 구석구석 답사하며 환자들의 삶을 제대로 찾아보리라 마음먹었다.

오래전 처음 소록도에 왔을 땐 평양신학교와 와세다 대학교를

소록도 연합교회 소록도에 수용된 환자 전체가 동시에 예배를 드릴 수 있는 규모로 환자들이 직접 흙을 나르고 벽돌을 구워 지은 건물이다.

졸업한 김두영 목사가 명문대 출신의 아들과 함께 목회를 하고 계셨다. 그 외에도 신학을 하고 돌아온 전도사 두 분이 소록도에서 청운의 꿈을 펼치고 있었다. 그간 세월이 많이 흘렀다. 주민들의 정신적 지주였던 김 목사님은 고인이 되었고 나머지 분들은 그곳에 없었다. 바람이 강한 구북리와 섬의 서쪽에 위치한 서성리는 사람이 줄어 마을과 교회가 폐쇄되었고, 연합중앙교회를 비롯한 신성리, 장안리, 동성리, 남성리의 다섯 교회만 오롯이 남아 있었다 (현재는 연합통영교회외 신성리 교회만 남았다).

미리 소개 받은 장 권사님은 팔순이지만 총기가 대단했다. 병으로 손과 얼굴이 일그러졌지만 기억력과 말솜씨가 뛰어나고 도시의 유복한 할머니들처럼 밝고 명랑했다. 이 글은 상당 부분 장 권사님과 나중에 합석한 이 권사님 두 분의 이야기에 힘입은 바가 크다.

녹산의 숲

어쩌면 이렇게 후룬할까? 초봄이라서 공기는 차거운데 교문 안에 들어설 때부터 마음속은 땀으로 후룬히 젖어 있다. 얼마나 내가 바라보고 그리워하든 그 이름 녹산중학교이든가! 운명을 좌우하는 곳. 나는 배움이 없는 삶이라면 그것은 암흑과 마찬가지라는 진리를 마음속 깊이 간직하고 입학시험에 무난히 통과되기를 축원했기 때문에 이처럼 파스되어 교문에 설 때의 첫 기분은 하늘을 나는 기분이었다.

참으로 감개무량하기 그지없다. "중학교", 내 생전 처음으로 넘어보는 높은 학교 말만 들어도 가슴이…… 교문도 새롭고 선생님들도 새롭고 학생들도 새롭고 운동장도 새롭다. 단기 4292년 4월 1일 내 맘도 새롭다. 날마다 호흡하든 공기도 이날 아침에는 새로운 것 같고 세상도 딴 세상 같은 감이 든다. 무엇보다도 활짝 핀 벚꽃이 웃으며 맞아주는 것 같아 마음이 더욱 명랑해졌다. (중략) 집에 돌아오니 마치 벼슬이나 하고 온 기분이다. 옆에 사람이 있으면 절로

녹산중학교 제6회 졸업기념 사진(1954) 녹산중학교 졸업생 회고록『녹산의 숲속』(2012)에서.

웃음과 학교 말이 나와진다. 지금 피어나는 보리 싹과 같이 가슴은 자꾸만 부푸러 오른다.

―양영모,「입학 첫날의 기분」,《불사조》(1959. 5), 녹산중학교 졸업생 회고록『녹산의 숲속』(2012), 38~39쪽에서 재인용

소록도 주민들은 비록 몸은 병들었지만 늘 감사하는 마음으로 산다고 했다. 우선 한센병이 들어 예수를 알게 된 것에 감사하고, 두 번째는 병이 들어 소록도에서 정식 교육을 받을 수 있게 된 것에 감사하며, 세 번째는 자신들을 돌봐주는 국가에 감사하고, 네 번째는 나라를 위해 밤낮으로 기도할 수 있는 것에 감사한다고 했다. 김씨님의 말은 겉치레가 아니었다. 인터뷰를 이

어가는 동안 진정 담담하고 여유 있는 일상을 누리고 있는 것이 느껴졌다.

소록도의 전성기는 1950년대 후반이었다. 당시 원생은 거의 6500명에 달했다. 주일날엔 목사 두 분과 전도사 세 분이 걷거나 자전거, 오토바이로 이동하며 일곱 교회의 예배를 인도했다. 일찍이 병이 들어 소록도에 온 사람들은 가난으로 인해 받을 수 없던 교육의 혜택을 소록도에서 마음껏 누릴 수 있었다. 큰 운동장을 앞에 두고 해송으로 둘러싸인 기다란 붉은 벽돌 교사가 한때의 전성기를 말해준다. 녹산초등학교이다.

초등학교 6년 과정을 마치면 시험을 거쳐 녹산중학교로 진학했다. 원생이 늘어나 교육을 원하는 사람들이 많아지자 입학 문은 갈수록 좁아졌다. 시험에 떨어져 재시를 보는 학생들도 있었다. 병이 들어 어린 나이에 소록도에 온 이들은 학교에서 동병상련의 친구를 만나 위로 받았고, 교육을 통해 새 피를 수혈 받듯 생기를 찾아갔다.

녹산중학교는 해방 직후, 17~24세에 이르는 30명의 신입생으로 개교했다. 일반 학교와 마찬가지로 국정교과서를 교재로 정규 과목들을 모두 가르쳤다. 여느 학교와 마찬가지로 밴드부, 문예부, 운동부, 농사부 등 특별활동부가 있었다. 밴드부는 남학생으로만 구성되었는데 타악기를 비롯한 플루트, 클라리넷, 색소폰, 트럼펫, 트럼본 등 일체의 악기를 구비하고 있었다. 교복에 견장을 달고 흰 띠로 바지를 장식한 악장과 밴드부원들은 학생들 사

녹산초등학교 교사 큰 운동장을 앞에 두고 해송으로 둘러싸인 기다란 붉은 벽돌 교사가 한때의 전성기를 말해준다.

이에서 최고의 인기를 누렸다.

　문예부는 매달《불사조》라는 교지를 펴냈다. 이들은 한하운 시인의 영향을 받아 문학에 대한 열정이 높았다. 광주일보를 비롯한 외부의 여러 일간지에 투고하여 글을 싣기도 했다. 운동부는 축구, 럭비, 씨름 등 다양한 체육활동을 하며 섬 전체에 활기를 불어넣었다. 농사부가 농사를 지어놓으면 과일이나 토마토 등을 몰래 따 먹는 학생들도 있었다. 규율부의 단속은 무서웠다. 두발, 복장, 상급생에 대한 인사 등이 단속 사항이었다.

　봄엔 십자봉이나 돗섬으로 소풍을 갔고, 가을엔 거금도나 멀리 시올로 修學여행을 갔다. 또 해마다 학년 맘이면 학예회를 열었다. 공회당 무대에 연극을 올리면 소록도 주민이 모두 모여 만석을 이루었다. 공연 당일에는 밴드부를 선두로 분장을 한 출연진이 7개 마을을 행진하며 홍보를 했다. 밴드부는 간척사업과 같은 공식적인 일이나 섬의 여러 행사에서 음악을 연주하며 주민들을 독려하는 지원대였다. 강제 모집한 환자들을 실은 배가 들어오면 선창에 나가서 환영하는 것도 밴드부의 역할이었다.

녹산중학교에서 이광수의 소설 『이차돈의 사(死)』를 연극으로 올리려 한 적이 있었다. 선생님들은 가톨릭 신자가 대부분이라 이차돈의 죽음을 별문제 삼지 않았지만, 연합학생회 소속 학생들은 연극이 자칫 우상숭배가 될 수 있다 하여 출연 거부를 모의했다. 학생들은 문제의 연극을 십계명의 첫 번째 계명을 어기는 일로 판단했다. 소록도에서 신앙을 지키는 일은 무엇보다 우선순위에 있었다. 출연 거부는 확산되어 동맹휴학으로 이어졌고 신·구교 간의 종교분쟁으로까지 확대되었다. 여기에 이르자 병원당국은 문제를 심각하게 다루지 않을 수 없었다. 수사가 시작되었고 연합학생회 회장이 구금되었다.

배후는 연합청년회와 연합당회 장로님들이었다. 결국 녹산중학교는 연극을 무대에 올리지 못했고 담당 선생님 전원이 학교를 그만두는 선에서 일을 마무리 지었다. 이들의 우직한 신앙은 많은 부분 융통성이 부족해 보이지만 세속과 영합하며 살아가는 오늘날의 기독교인들에게는 스스로를 돌아보고 반성하게 하는 거울이 되기도 한다.

소록도에서 녹산중학교 학생이 되어 교복과 교모를 쓴다는 것은 모든 노역에서 제외되는 것을 뜻했다. 하지만 대망의 오마도 간척사업을 시작하면서 인력이 부족해지자 병원당국은 학생들을 강제로 동원했다. 힘든 노역에 지쳐 섬을 탈출하는 학생이 늘어났다.

녹산중학교를 졸업한 학생들은 다시 시험을 거쳐 성실고등학교에 진학했다. 고등학교는 교회 지도자를 양성하기 위해 고등성경학교로 개교했지만 사회에 진출할 성숙한 인재를 양성해야 한다는 취지에서 교명을 성실고등학교로 바꾸었다. 성실고등학교 학생들의 학구열은 뜨거웠다. 교회는 소록도 전체에 광고를 내서 교편을 잡았거나 대학을 졸업한 사람, 혹은 대학 재학 중에 병이 들어 치료하러 온 사람들을 수소문해 국어, 영어, 수학, 국사, 물리, 화학, 음악 등 일반 고등학교의 전 과정을 가르쳤다. 여기에 성경이 한 과목 더해진 것은 물론이다. 문교부가 인가한 학교는 아니었지만 선생님들은 밤을 새워가며 교안을 만들었고 학생들은 열의와 성의를 다해 공부했다. 그렇게 하면서 병든 몸으로 고향을 등질 때와는 달리 새로운 희망을 품고 미래를 꿈꿀 수 있게 되었다.

소록도의 일곱 개 교회에는 모두 일반 성가대와 학생 성가대가 있었다. 또 각 교회 성가대에서 사람을 뽑아 연합성가대와 연합학생성가대를 구성했다. 연합교회에서는 한 달에 한 번 연합예배와 연합학생회헌신예배를 드렸다. 연합성가대와 연합학생성가

성실고등성경학교 교사 현재 대한민국 근대문화유산으로 등록되어 있다.

대 대원의 자부심은 대단했다. 성가대원들은 외부 손님을 맞거나 대외적인 일에 참여하는 기회가 많았으며, 이러한 활동을 통해 학교생활과 공부에도 남다른 의욕을 보였다.

소록도에서 가장 큰 행사는 매년 5월 17일에 열리는 병원 개원 기념일 축제였다. 학생들은 통상 이날을 위해 한 달 이상을 준비했다. 원장이 축제를 알리고 입장식이 시작되면 녹산중학교 밴드부의 퍼포먼스가 현란하게 펼쳐지고 녹산초등학교와 녹산중학교 학생 수백 명이 퍼레이드를 벌였다. 그 뒤를 따라 의료부 간호사, 의학강습소 학생, 성실고등학교와 7개 마을 선수들이 차례로 입장했다.

축제를 보려고 광주, 벌교, 보성, 순천, 고흥 등지에서 해마다 4000여 명의 사람들이 소록도를 찾았다. 새로 단장한 운동장에는 만국기가 펄럭이고 소록도는 주민과 관광객으로 인산인해를 이루었다. 축구, 배구, 씨름, 모래 가마니 들어 올리기, 400미터 계주, 마라톤 등 경기 종목도 다채로웠다. 이날만큼은 소록도 주민들도 그들의 숙명인 차별과 편견, 고뇌와 궁핍에서 벗어나 1년 중 가장 즐겁고 밝은 날을 맞이할 수 있었다. 지금도 해마다 5월 17일에는 개원 기념 운동회를 개최한다. 녹산중학교와 성실고등학교 동창들이 전국 각지에서 모여 후일담을 쏟아내며 이야기꽃을 피운다.

사연, 사연들

당시 한센병으로 소록도에 온 이들의 신상은 각양각색이었다. 부유한 집안 자제로 대학을 졸업하고 유학을 준비하다 온 사람, 사범학교를 다니다 온 사람, 누가 알까 골방에서 숨어 지내다 병을 키워 온 사람, 혹은 가족들에게 버림받고 거리를 떠돌던 사람과 천애의 부랑자까지. 이들에게는 전쟁이 갈라놓은 이산가족 이상으로 기막힌 사연들이 있었다. 한센병을 천형으로 여기던 시절, 병으로 이혼을 당하고 와서 절망감에 모든 것을 포기하고 환우와 함께 살고 있는데 본처가 찾아온다든가, 병든 몸으로 혼자 살기가 힘들어 환우와 결혼해서 살다가 병이 나아 고향의 가족들에게 돌아가는 경우가 있는가 하면, 이렇게 떠나는 사람을 배웅하러 가서는 붙들지도 못하고 주저앉아 대성통곡하는, 온갖 눈물 어린 사연들이 부지기수로 생겨났다.

소록도에서 가장 큰 범죄는 도망이었다. 격리된 사람들은 더욱 자유를 갈망했다. 도양만의 거친 물살을 헤치고 바다를 넘다가 불귀의 객이 된 사람들이 허다했다. 도둑 배를 타고 도망가는 사람도 있었다. 매일 밤 점호를 하고 동네마다 순찰대가 지키고 바다엔 순찰선이 있었지만 감시를 피해 도망가는 사람은 줄어들지 않았다. 간혹 탈출에 성공해서 공부를 계속하거나 기업을 일으킨 사람도 있었지만 붙잡히면 2주에서 한 달 정도 감금소에 격리되어 체벌을 받거나 정관수술을 받고서야 풀려날 수 있었다. 감금실은 질서 유지를 위한 곳이었지만 심각한 인권탄압의 장소가 되었다.

한 한센병자가 예수께 와서 꿇어 엎드려 간구하여 이르되 원하시면 저를 깨끗하게 하실 수 있나이다. 예수께서 불쌍히 여기사 손을 내밀어 그에게 대시며 이르시되 내가 원하노니 깨끗함을 받으라 하시니. 곧 나병이 그 사람에게서 떠나가고 깨끗하여진지라.

—「마가복음」1 : 40-42

소록도에 온 사람들은 절망적인 상태에서 치료를 받으며 기독교를 알게 되었다. 새 삶을 얻은 사람들의 신앙은 철저했다. 이들은 배급으로 나오는 식량의 10분의 1을 자발적으로 교회에 바쳤다. 십일조는 교인의 마땅한 의무였다. 그러나 병원당국의 입장은 달랐다. 적정량의 음식을 먹어야 치료가 제대로 이루어지는데 빠듯한 배급에서 다시 얼마큼을 떼는 것은 환자들의 건강에 심각한 영향을 미치는 일이라 판단했다. 그들은 십일조를 중지할 것을 요구했다. 하지만 환자들은 십일조를 멈추지 않았다. 재정 기반이 없는 교회이고 보니 목사와 전도사의 월급이 바로 이들이 드리는 십일조에서 나왔기 때문이었다.

오마도 간척사업

소록도의 역사 중에서 빼놓을 수 없는 사건이 오마도 간척사업이다. 오마도 사건은 실미도 사건과 함께 우리나라의 대표적인 인권유린 사건이다. 두 분 권사님은 이 사건에 대해 다 지나간 일이라며 덮고 싶어 했다. 간척으로 만든 땅은 빼앗겨버렸고 지금은 찾을 길도 없다고 했다. 간척지는 환자들의 희생과 노동으로 이루어진 땅이었다. 하지만 환자들의 것이라면 무엇이든 갈취해도 무방하던 시절이었다.

오마도 간척사업은 1962년에서 1965년까지 이루어졌다. 소록도 병원에 새로 부임한 현역 대령 조창원 원장의 주도로 환자들은 자신들의 정착촌을 짓겠다는 일념으로 바다를 메웠다. 중장비가 없던 시절이라 작업은 오로지 환자들의 손과 수레에 의지했다. 이들은 산에서 개낸 돌과 흙을 수레에 실어 바다에 쏟아붓고 또 쏟아붓는 일을 몇 년에 걸쳐 계속했다. 사고로 죽는 사람과 중상자가 속출했다. 그러나 수고의 대가는 환자들에게 돌아오지 않았다. 2년여에 걸친 투석 작업으로 물막이 공정이 80~90퍼센트 끝날 무렵 총선이 치러졌고, 당시 공화당 정부는 투서가 난무하던 인근 주민들의 표를 의식해 간척사업에서 환자들을 쫓아냈다. 정치권에 의해 몰수된 간척지는 고흥군으로 넘어갔고 간척사업에 어떠한 도움도 준 적 없는 일반 주민들에게 분양되었다.

이청준(1939~2008)의 소설 『당신들의 천국』은 바로 이 오마도 사건을 다루고 있다. 젊고 의욕에 찬 군인 출신의 원장 조백헌은 실제 인물 조창원을 모델로 한다. 그는 환자들에게 새로운 천국을 만들어주기 위해 공사에 착수하지만 '당신들의 천국'이라는 조소를 머금은 제목에서 드러나듯이 천국은 그들의 것이 아니었다. 환자들은 오히려 더 심각한 지옥으로 쫓겨났다.

소설 속 이상욱이라는 인물은 섬을 탈출하면서 원장에게 이런 편지를 보낸다. "섬을 환자들의 천국으로 만든다는 것은 환자를 더욱 환자답게 만든다는 것을 뜻한다. 소록도에 진정 세워져야 하는 천국은 자유와 사랑에 기초한 우리들의 천국이다." 분리와 수용은 복종을 내면화하고 통치 질서 아래 존재하는 인간을 만들어낸다. 소설 『당신들의 천국』은 인간을 대상화하고 격리시키는 정책을 신랄하게 비판한다.

『당신들의 천국』은 오마도 사건을 중심으로 소록도라는 특수한 공간에서 일어나는 권력자/피권력자, 비환자/환자, 소유자/

비소유자 등의 위계질서와 그에 따른 갈등과 대결의 문제를 다루었다. 이 소설은 인간 소외의 양상을 극단적으로 제시하며 소록도뿐만 아니라 우리 사회 전체의 문제를 압축해 보여주었다.

소록도 주민들은 가능한 한 고통스럽고 원망스러운 이야기는 잊어버리고 즐거운 일만 기억하고 싶어 한다고 두 분 권사님은 말했다. 그들은 오마도 사건을 비롯한 수많은 억울한 일들을 다 용서하고 잊어버렸다. 아마도 너무 비참하고 야만적인 일이라 다시는 기억하고 싶지 않았을 것이다. 최근엔 국가인권위원회를 비롯하여 '진실·화해를위한과거사정리위원회' 등에서 소록도 주민의 억울한 과거사를 밝히고 피해를 보상하기 위한 조사를 진행했다. 환자들 대부분은 가족도 없고 자식도 없다. 그래서 누구도 보상에 관심을 가지거나 보상금 문제에 매달리지 않았다. 이들은 여느 때와 다름없이 국가와 민족, 나라의 지도자들을 위해 기도하며 감사하는 나날을 보냈다. 기도가 자신들의 일이며 밤낮으로 간구하는 기도가 국가발전에 조금이라도 보탬이 된다면 감사한 일이라고 했다.

소록도 환자들의 삶은 우리가 지레짐작한 체념이나 고통, 허무와는 거리가 멀었다. 두 분 권사님의 활달한 이야기를 들으며 당신들은 이미 당신들의 천국을 이루었다는 생각이 들었다. 이들은 병을 이겨냈고 더 심각하게 병들어 있는 사회의 편견을 극복하고 마침내 스스로 선민이 되어 있었다. 아무도 원망하지 않는 이들의 담담함이 감동으로 다가왔다. 병이 든 것조차 감사하다는 고

백은 빈 말이 아니었다. 문득 어렵게 구한 자료에서 읽은 녹산중학교의 교훈이 생각났다. '우리는 진리에 살자. 우리는 자유롭게 배우자. 우리는 국은에 감사하자.' 잠시 노파심이 스친다. 이들의 감사를 수동적 인간을 만들어내는 파시즘적 교육의 결과로 왜곡하지는 말아야 한다는.

방석론

누군가 이런 이야기를 했다. 한국 교회에 방석이 사라진 것은 영성의 문제와 관련된 교회사적 큰 사건이라고. 맞는 말인지 모른다. 의자를 들여오면서 마루에 꿇어앉아 머리를 조아리고 긴 시간 기도하는 사람들을 볼 수 없게 되었다. 경제가 빠른 속도로 성장하고 생활이 윤택해지면서 절실한 기도의 필요성 또한 사라진 것 같다.

소록도 교회는 길이며 건물이며 종각이 옛 모습을 그대로 간직하고 있다. 연합교회를 비롯한 모든 교회가 예전 방식 그대로 마루에 앉아 예배를 드린다. 마루는 반짝거리고 방석은 귀퉁이에 차곡차곡 쌓여 있다. 예배당에는 묵은 소나무 냄새가 은은하게 풍긴다. 어릴 적 다닌 예배당에서도 이런 냄새가 났다. 빠르게 변화하는 도시에서 온 순례자는 옛 모습이 그대로 남아 있는 예배당에서 고향의 푸근함을 느낀다. 창으로 불어오는 바람을 느긋하게 맞으며 게으른 시간을 가져보고 싶다.

소록도는 인구가 점차 줄고 있다. DDS가 나온 뒤로는 음성 환자들의 정착사업이 진행되었고 이곳에 남은 환자들도 노환으로 하나둘 세상을 떠나고 있다. 해마다 평균 60여 명이 사망한다. 최근에는 리팜피신이라는 신약이 개발되어 새 환자 발생이 거의 없다. 발병하더라도 일주일에 한 알씩 약을 먹으면 한 달 만에 완치된다.

지금은 사랑의 손길도 넘친다. 자원봉사자가 너무 많아 수개월 전에 신청하지 않으면 봉사활동도 할 수 없다. 조용필을 비롯한 유명 연예인의 공연도 숱하게 열린다. 세계적인 지휘자 블라디미르 아슈케나지와 최고의 명성을 자랑하는 영국 필하모니아 오케스트라가 소록도에서 연주를 했다. 오스트리아의 마리안과 마거릿 간호사는 청춘의 몸으로 소록도 천주교회에 와서 40여 년간 한센인들을 돌보다가 고령의 할머니가 되어 본국으로 돌아갔다. 이들을 노벨 평화상 후보로 추천하자는 범국민 서명운동이 일어났다.

차를 타고 소록도 일대를 한 바퀴 돈다. 섬 전체의 경치가 아름답다. 중앙공원에는 관광객이 넘친다. 잠시 죄 많은 세상을 위해 이들이 희생제물이 된 것은 아닌가 하는 생각이 스친다. 그렇게 해서 세상이 달라질 수 있었다면 이들은 그간의 희생을 기꺼워할지도 모른다. 소록도에서 가장 음침해 보이는 검시실*은 어두운

---

* 검시실은 환자를 대상으로 정관수술과 낙태수술, 시체 해부를 했던 곳이다. 소록도 병원은 정관수술을 한 경우에 한해 부부 동거를 허용했다. 사망자는 가족의 의사와 상관없이 검시하여 의학 연구의 대상으로 삼았다.

211

검시실 외관과 내부 일제강점기에 건축된 소록도 병원의 건물들은 2차 세계대전 당시 동맹국이었던 독일의 유대인 수용소 건물과 흡사하다.

기억들을 뒤로 하고 메타세콰이아와 담쟁이넝쿨에 둘러싸여 평화롭기만 하다. 붉은 벽돌로 튼튼하게 지은 감금소* 건물은 옛 상류층의 별장처럼 보인다. 들끓는 젊음이 이곳에 갇혀 자유를 향해 발버둥 치던 아픈 역사가 있었다.

생각해보면 일제강점기에 건축된 소록도 병원의 건물들은 2차 세계대전 당시 동맹국이었던 독일의 유대인 수용소 건물과 흡사

---

* 1935년에 세운 감금소는 인권탄압의 상징물이다. 수용된 환자들의 저항을 방지하기 위해 감금, 감식, 금식, 체벌, 강제노역 등 가혹행위가 이루어졌다.

감금소 강제수용, 강제노동, 생체실험 등을 국가권력이 주도하여 합리화한 것까지 나치의 만행과 닮았다.

하다. 검고 길게 지은 막사, 강제수용, 강제노동, 생체실험 등 인간이 인간을 유린하는 잔인한 일을 국가권력이 주도하여 합리화한 것까지 나치의 만행과 닮았다.

　소록도는 경치가 아름다워 미래에는 고급 실버타운 부지로도 각광받을 수 있겠다는 생각이 든다. 어쩌면 환자들이 다 세상을 떠나고 나면 아픈 역사를 간직한 국립공원이 될 수도 있을 것이다. 탈출을 감행하던 이들을 무참히 삼켰던 바다엔 녹동항으로 연결되는 다리(소록대교, 2009)가 놓여 있다. 마침 녹동에는 불꽃축제가 열리고 있어 수산시장과 식당이 사람들로 북적거린다. 이곳의 활기와 달리 소록도는 조용하고 평온하다. 돌이켜보면 '당신들의 천국'은 바로 당신들의 천국(賤國)이었다. 영원히 끝날 것 같지 않던 고통의 세월을 이겨내고 당신들은 마침내 당신들의 천국(天國)을 이룩했다. 그들이 부르던 찬송가가 다시 뭉클하게 다가온다.

아 하나님의 은혜로 이 쓸데없는 자
왜 구속하여 주는지 난 알 수 없도다
내가 믿고 또 의지함은 내 모든 형편 잘 아는 주님
늘 돌보아주실 것을 내가 확실히 아네

13.

줄리언 반스의
방주 이야기

제주도 방주교회와 대정교회

맨부커 상 수상자이자 현재 영국에서 가장 활발하게 작품 활동을 하고 있는 작가 줄리언 반스는 노아의 방주를 모티프로『10과 1/2장으로 쓴 세계사』라는 콜라주 소설을 썼다. 대홍수 시대 아무도 모르게 방주에 올라타서 밀항을 시도했던 나무좀벌레 아노비움 도메스티쿰(anobium domesticum)은 노아가 방주에서 저질렀던 아무도 모르는 횡포와 만행을 고발한다. 유니콘이나 히포그리프 같은 동물들이 어느새 사라지고 전설과 신화 속에만 남아 있는 까닭이 교배종이라는 이유로 노아가 일찌감치 살해해서 먹어버렸기 때문이라는 것이다. 우리가 아는 의인 노아에 대한 보잘것없는 나무좀벌레의 분노를 분석해보면 다음과 같다.

노아가 저지른 만행은 하나님이 창조하신 다양성의 세계를 파괴하는 짓이자 각 피조물의 존재적 필연성을 훼손한 행위이며,

나아가 하나님의 영광을 드러낸 창조의 영역을 침해하고 창조의 미학적 필연성에 정면으로 도전한 짓이다. 따라서 노아의 횡포는 용서받을 수 없는 심각한 범죄행위이다.

10과 1/2장으로 쓴 세계사

성경에 따르면 노아는 하나님의 명령에 따라 500살에 방주를 건조하기 시작했고 600살에 방주를 완성했다. 그리고 "깊음의 샘들이 터지며 하늘의 창들이 열려" 40일 밤낮으로 비가 쏟아졌다. 높은 산이 다 물에 덮이고 육지의 호흡하는 모든 것들이 다 죽었다. 비가 멈추고도 150일 동안 물이 빠지지 않았다. 노아는 지상의 모든 동물과 식물의 최상 표본을 싣고 40일간의 여행을 감행했다.

작가는 노아의 배가 여러 척이었다고 추측한다. 엄격한 선별조건을 통과한 지구상의 모든 생물들의 암수 한 쌍을 실으려면 아무리 배가 크다 해도 한 척으로는 부족하다고 판단했기 때문이다. 노아의 방주는 지구상의 가장 귀중한 생명들을 운송해야 하는 의무를 지닌 선박이었다. 이것은 모세가 이스라엘 백성과 계명을 담은 궤를 지고 40년 동안 광야를 누비며 약속의 땅으로 이주한 사건과 비슷하다. 생각하기에 따라서는 어마어마한 대가족을 거느린 부호의 거창한 크루즈 여행 같기도 하다. 그러나 현실은 무시운 노도 위에서 정박할 기약도 없이 무작정 떠도는 여행이었다. 게다가 짐승들이 쏟아내는 지독한 악취와 소음, 배설물이 넘치는 비위생적인 환경과 후텁지근한 열기 속에서 예측할 수 없는 온갖 사건 사고들을 다 해결하고 견뎌 나가야 하는 고된 여정이었다.

미처 노아에게 선발되지 못한 동물들은 지상에 남아 진화론의 학설처럼 자연 도태되었다. 선발조건은 까다롭고 엄격했다. 모든 생물 중에서 오직 가장 우수한 암수 한 쌍만 방주에 들어갈 수 있었다. 노아의 방주는 축소된 세상이었다. 이것은 적자생존의 법칙을 가장 적나라하게 보여주는 사건이었다. 그리고 우리는 여기서 생명의지는 파괴적인 사건을 넘어설수록 더 강해진다는 교훈을 얻게 된다.

작가는 선발된 동물 중 일부도 본선에 딸린 다른 배에서 침몰했으며 남은 일부는 노아 가족들을 위한 양식이 되었다고 썼다. 하나님이 창조하신 피조물의 스펙트럼에 나타난 불가사의한 빈틈이 바로 이렇게 생겼다는 것이다. 오랫동안 시인들이 상상해온 신화 속의 그리핀(머리와 앞발, 날개는 독수리이고 몸통, 뒷발은 사자인 동물)이나 히포그리프(말의 몸통에 독수리의 머리와 날개를 가진 동물), 유니콘 같은 동물들이 지금껏 존재하지 못한 이유도 방주에서 노아와 노아 가족들의 식량이 되었기 때문이다.

초대받지 못한 밀항자이자 격조 높은 이름을 가진 나무좀벌레 아노비움 도메스티쿰은 방주 안에서 노아의 행적과 비리를 샅샅이 지켜보았고, 일족과 함께 일곱 숫양의 뿔에 숨어서 방주를 빠져나와 그간에 목격한 비루하고 시시콜콜한 사연을 만천하에 폭로한다. 성경은 노아를 의롭고 완전한 인물로 묘사하지만, 나무좀벌레는 노아를 음주벽이 심한 신경질적인 노인으로 폄하한다. 아마도 노아가 신경질적일 수밖에 없었던 이유는 긴 항해에 따르는 막중한 책임감과 스트레스 때문이었으리라. 마침내 방주는 터키와 이란의 경계에 있는 아라랏 산에 상륙하고, 하나님은 노아와 그 아들들에게 생육하고 번성하여 땅을 다스리고 지배하라고 축복한다. 한데 이 축복의 말씀이 오랫동안 인간이 자연을 무자비하게 착취하고 훼손하는 일을 정당화하는 데 이용되었다. 줄리언 반스는 나무좀벌레의 폭로를 통해 자연을 보호하고 보전하는 일이 지배하는 일보다 창조의 목적과 질서에 더 부합한다는 사실을 웅변하고 싶었던 것 같다.

노아는 홍수로 쓸어버린 새 땅의 주인이 되어 950세가 되도록 장수를 누린다. 성경에서 가장 오래 산 사람은 므두셀라로 969년을 살았다. 인류의 조상 아담은 930년을 살았다. 당시는 하나님의 섭리가 지상에 직접적으로 작용하던 때여서 수명이 이토록 길었는지 모른다. 그러나 하나님의 질서에서 멀어져 추락하면서 인간들의 생명력도 조금씩 쇠퇴하기 시작했다.

폭로자 나무좀벌레는 나중에 주교의 의자를 갉아먹은 불경죄로 종교재판에 회부되어 교회로부터 추방당한다. 의자 다리가 부서지면서 성찬예식을 집례하러 온 주교가 성찬대에 머리를 박고 나시는 일어서지 못하게 된 때문이다. 그러나 나무좀벌레 측 변

호인의 변론에 따르면 이 일은 억울한 일이며 생을 향한 나무좀벌레의 강렬한 집착은 결코 창조 때부터 정해진 자연의 질서를 교란시키는 범죄가 아니었다.

방주교회

수업 때문에 제주도에 늦게 도착하는 바람에 일행과 함께 방주교회에 오를 기회를 놓쳤다. 일행 중의 전문가가 찍은 사진으로 방주교회를 관람한다. 방주교회는 재일동포 건축가 아타미 준이 구약성경의 내용을 모티프로 삼아 노아의 방주를 형상화해 지었다. 그는 노아의 방주에서 영감을 받아 안산 대부도의 아일랜드 방주교회도 설계했다. 방주라는 이름을 표방하고 있지는 않지만 전국 곳곳에 방주의 이미지를 재현한 교회들이 많다. 삶이 계속되는 한 우리는 늘 홍수를 만난다. 홍수는 삶을 무너뜨리고 해체한다. 무섭게 일렁거리는 인생의 파도 위에서 방주는 정신적인 피난처이며 극적으로 맞게 되는 새로운 역사의 전환을 의미한다.

제주도 방주교회는 아라랏 산 같은 안덕면의 산록에 평화롭게 정박해 있다. 잔잔한 바람을 받으며 물결 위에 떠 있다. 봄 햇살에 지붕이 반짝거린다. 물 위에 반영되어 아롱거리는 건물이 서정적

방주교회 인생의 파도 위에서 방주는 정신적인 피난처이며 극적으로 맞게 되는 새로운 역사의 전환을 의미한다. (사진가 박창모 제공)

이다. 물과 빛, 하늘과 구름, 건물의 그림자가 자연스럽게 하나로 어우러져 있다.

대홍수는 일종의 천지개벽이라 할 수 있다. 침수는 생명과 부활을 나타낸다. 대홍수는 심판이면서 동시에 구원의 의미를 내포하는 것으로 후에는 세례의식으로 이어졌다. 노아의 방주 이야기는 할리우드에서도 수차례 영화로 만들었다. 전 세계 기독교인을 겨냥한 이런 영화는 기본 관람객을 확보하고 있어서 영업 손실이 적고 수익성이 높다고 한다.

어린 시절 장마철이면 강둑에서 물 구경을 하곤 했다. 황토색의 물줄기가 드넓은 강을 가득 채우고 도도하게 흘러가는 광경은 한 편의 영화 같았다. 건물의 잔해나 수박, 호박 같은 농작물도 떠내려왔다. 이따금 지붕 위에 얹혀 둥둥 떠내려가는 돼지도 보았다. 유속이 얼마나 빠른지 눈이 못 따라갈 지경이었다. 자연의 광폭한 위력 아래 인간은 한갓 보잘것없는 존재에 지나지 않았다. 홍수 때마다 군 헬기가 출동해서 강 한가운데 사는 외딴집 사람들을 구조했다. 멋진 광경이었다. 주일학교에서 배운 노아의 방주와 홍수 이야기를 막연히 짐작할 수 있었다.

오래전 어디선가 이런 유머를 읽었다. 하나님이 지상의 모든 새와 들짐승, 땅에 기는 모든 것과 모든 사람들을 쓸어버렸지만 방주에 들어가지 않고도 살아남은 유일한 종이 있으니 어류라는 것이다. 어류는 대홍수 때 쓸려 나가지 않았기 때문에 태고의 모습을 고스란히 간직한 채로 생육하고 번성하여 바다에 충만할 수

13. 줄리언 반스의 방주 이야기 ─제주도 방주교회와 대정교회

있었다. 우리가 바다에서 원시생물의 표본을 찾을 수 있는 것도 이 때문이라고 한다.

유명 관광지나 수목원, 리조트마다 낭만적인 분위기 연출을 위한 작고 예쁜 교회들이 늘어나고 있는 것 같다. 예외도 있지만 명소로 만들기 위한 상업적 전략 속에 종교가 엉거주춤 끌려 들어와 있는 셈이다. 이런 건축물은 멋진 배경 역할은 하지만 정신적인 밀도를 기대하기는 어렵다. 이미지를 추구하는 문화가 종교의 영성은 버리고 시각적인 요소만 취한 것 같다. 상품화된 교회는 달콤한 욕망이며 해피엔딩으로 마무리되는 동화일 뿐이다. 고통이나 시련, 존재의 내밀함이 제거된 가장 통속적인 전략이다. 종교의 진짜 기능은 사람을 변화시키는 데 있다. 종교는 늘 존재의 전환과 새로운 생성을 시도해야 한다.

대정교회

수십만 명의 인간들이 넓지도 않은 땅덩어리에 빽빽이 모여 살면서 그 땅을 황무지로 만들고, 생명체라고는 그 어떤 것도 자라지 못하도록 돌 더미로 뒤덮고, 돌더미 사이로 풀이 비집고 나오면 닥치는 대로 뽑아버리고, 석탄과 석유를 마구 태우고, 나무를 베어내어 금수들이 떠나게 만들었다. 그러나 이 도시에도 봄이 오는 것만은 막을 수 없었다.

레프 톨스토이, 『부활 1』(백승무 옮김, 문학동네, 2013), 11쪽

223

일정이 끝나고 돌아오는 날엔 대정교회에서 부활절 기념 예배를 드렸다. 대정교회는 1937년 창립했다. 역사가 긴 편은 아니지만 1973년에 새로 입당한 단순하고 투박한 당시 예배당의 모습을 잘 보존했다. 규모는 작지만 너른 마당과 우거진 나무 그늘 아래 쉼터가 있다. 대정교회는 제주 4·3사건 직후 순교한 이도종 목사가 사역한 곳이다. 이도종 목사는 제주도의 첫 목사이며 첫 순교자이다. 교회 마당귀에 그를 기리는 기념비가 서 있다.

따뜻한 봄날 담임 목사님이 부활의 의미를 주제로 설교를 했다. 돌아온 탕자와 톨스토이의 『부활』, 기드온 골짜기의 뼈들이 다시 살아나는 기적에 대해. 조용히 설교를 듣고 있는데 어디서

이도종 목사 기념비 대정교회에서 사역한 그는 제주도의 첫 목사이며 첫 순교자이다.

읽었는지 '탕자만이 고향으로 돌아온다'는 구절이 떠오른다. 오로지 탕자만이 돌아올 뿐, 탕자가 아닌 자는 돌아오지 않는다는 말이다. 음미해보면 깊은 의미가 담겨 있다. 선을 회복하려 애쓰는 네플류도프의 투쟁과, 기드온 골짜기의 뼈들이 보여주는 문명 비판적 이미지들도 한꺼번에 떠오른다.

긴 겨울을 지난 뒤에야 봄이 오고 생명은 싹튼다. 슈바이처의 생명경외사상을 음미해본다. 선악의 경계가 모호하고 내일이 불안한 시대에도 '선은 생명을 유지하고, 촉진하고, 발전할 수 있는 생명을 최고의 가치에까지 끌어올리는 것'이라는 명제에는 변함이 없다. 반대로 '악은 생명을 파괴하고, 손상시키고, 발전할 수 있는 생명을 억압하는 것'이다. 강도 당한 사람을 구한 사마리아인은 오로지 무엇을 할 것인가만을 생각했다.

선과 악은 빛과 어둠의 비유이기도 하다. 동굴에 사는 담수어인 동굴어는 자연선택에 의해 유전적으로 눈을 잃어버리게 되는 경우가 많다고 한다. 그러나 빛이 있으면 눈의 형성이 촉진된다. 어둠 속에서도 빛은 일렁거리고 눈은 빛의 명령에 응답한다. 빛은 물리적인 현상이지만 이념이고 초월이다. 모든 생명은 빛에 답한다. 빛은 기독교적 의미를 떠나서도 은총이며 선이다.

프랑스 철학자 질 들뢰즈(Gilles Deleuze, 1925~1995)는 최고의 선이라 할 수 있는 사랑을 이렇게 정리했다. 자신의 유전자를 발현시키고, 타자와 함께 존재하는 자신을 발현시키고, 타자를 발현시키고, 발현된 모든 것을 세계에 거주시켜 세계를 다양하게 하는 것, 이것이 사랑이라고 했다.

추사의 유배지

대정교회 옆에는 추사 김정희의 유배지가 있다. 추사의 일생은 유배로 점철되었다. 순조 19년에는 윤상도의 옥사에 연루되어 고금도에 유배되었고, 귀양에서 풀려난 후 관직에 복직했으나 헌종이 즉위하자 다시 10년 전의 옥사에 연루되어 1840년에서 1848년까지 9년간 제주도에서 유배생활을 했다. 헌종 말년에 유배에서 돌아왔으나 1851년 영의정 권돈인의 일에 연루되어 다시 함경북도 북청에 2년간 유배되었다. 유배생활은 그의 정치적인 삶을 완전히 무너뜨렸지만 학문과 예술에서는 새롭고 높은 경지를 이루는 의미 있는 시간이 되었다.

추사가 그린 세한도의 소나무는 차가운 바람을 맞으며 스산하고 삭막한 인생의 겨울에도 좌절하지 않고 도달해야 할 정신적 높이를 보여준다. '낙담하는 것은 죄악'이라고 했다. 아무리 시대가 바뀌고 세태가 바뀌어도 변하지 않는 가치는 있다. 소나무는 척박한 땅에서 자라는 나무이다. 추사는 세한도를 통해 고난과 결핍의 시간 속에서도 굳건히 지켜 나가야 할 것들을 압축해서 보여준다. 한 블록 안에서 대정교회와 추사의 유배지는 우리에게 삶의 자세와 방향을 다시 돌아보게 한다.

제주도는 전통적으로 생업이 어업이고 자연의 변화에 좌우되는 측면이 크다 보니 무속신앙이 발달했다. 특히 마을 공동체에서 주관하는 다양한 제의는 섬사람들의 삶과 생활에 중요한 역할을 했다. 제의를 거부하는 사람은 마을에서 쫓겨나거나 멍석말이를 당했다. 이러한 환경에서 기독교에 입교하기란 쉬운 일이 아니었다. 그러나 지금은 굿당이 넘치던 제주도에 440여 개의 교회가 들어섰고 신자 수는 5~6만에 이른다.

제주도는 3다 3무의 섬이다. 돌과 바람과 여자가 많고 거지와 도둑과 대문이 없다. 척박한 환경에서 서로 돕고 사는 문화가 발달했기 때문이다. 지금은 예전과 달리 볼 곳도 쉴 곳도 먹을 것도 풍요롭다. 곳곳에 편의시설과 위락 시설이 넘친다. 돌아오는 제주박 비행기에서 흰 포말을 일으키며 떠 있는 섬을 내려다보았다. 창세기의 한 구절이 떠올랐다. "하나님이 그 지으신 모든 것을 보시니 보시기에 심히 좋았더라."

14.

유관순의 만세운동

충남 매봉교회

기미년 삼월 일일 정오

터지자 밀물 같은 대한독립만세

태극기 곳곳마다 삼천만이 하나로

이날은 우리의 의요 생명이요 교훈이다

한강물 다시 흐르고 백두산 높았다

선열하 이 나라를 보소서

동포야 이날을 길이 빛내자

　　—정인보 작시, 박태현 작곡, 〈삼일절 노래〉

　정인보의 시는 삼일절 공식 기념행사를 위해 만든 시이다. 어
린 시절 삼일절, 제헌절, 광복절, 개천절에는 기념식을 하기 위해
등교를 했다. 〈삼일절 노래〉를 비롯한 기념식 노래들은 뜻과 내

용, 형식에도 품위와 격조가 있었다. 박태현이 작곡한 〈삼일절 노래〉는 저음으로 시작하는 엄숙함과 점진적으로 상승하는 장중함으로 태극기를 흔들며 독립만세를 외치던 그날의 뜨거운 함성과 군중의 모습을 한꺼번에 눈앞에 불러일으켰다. 이 노래는 감동적인 가사와 가락으로 3·1정신의 의미와 의의를 어린 학생들에게 충분히 각인시켰던 것 같다.

정인보는 〈삼일절 노래〉 외에도 〈광복절 노래〉("흙 다시 만져보자/ 바닷물도 춤을 춘다~"), 〈제헌절 노래〉("비구름 바람 거느리고/ 인간을 도우셨다는 우리 옛적~"), 〈개천절 노래〉("우리가 물이라면 새암이 있고/ 우리가 나무라면 뿌리가 있다~") 등을 만들었다. 어린 시절 기념식 노래를 부를 때마다 가사가 지닌 뜻을 통해 이날이 가지는 중요성을 은연중에 새길 수 있었다.

유관순과 3·1만세운동

유관순(1902~1920)은 너무 유명해서 일반인이 구체적인 업적이나 행적을 잘 모르는 대표적인 인물 중 한 사람이다. 초등학교 교과서에서부터 나오는 위인이다 보니 오히려 많은 사람이 그의 삶에 대한 진지한 성찰이나 깊은 이해가 없었다. "삼월 하늘 가만히 우러러보며/ 유관순 누나를 생각합니다/ 옥 속에 갇혔어도 만세 부르다/ 푸른 하늘 그리며 숨이 졌대요." 초등학교 1학년 음악 책에 실려 있던 동요 〈유관순〉(강소천 작사, 나운영 작곡)이다.

매봉산 자락 아래 자리 잡은 매봉교회와 유관순 열사 생가

　대부분의 사람들이 어릴 적 교과서에서 배운 간략한 내용이나 노래 가사, 고문의 후유증으로 퉁퉁 부어오른 사진으로만 유관순을 기억한다. 나 역시도 예외는 아니었다. 교과서적 인물인 유관순의 삶에 별 관심이 없었고 그런 이유로 유관순의 생가와 그가 어린 시절 다니던 예배당 찾는 일을 오랫동안 미루어왔다.

　충청남도 목천군 이동면 지령리(지금의 천안시 병천면 용두리), 도로에 차를 세우고 바라보면 나지막한 매봉산 자락 아래 매봉교회와 유관순의 생가가 나란히 자리 잡고 있다. 포근하고 아늑해 보이

는 이 시골마을에서 열사가 태어났다. 이 마을은 기독교를 받아들여 일찍이 바깥세상에 눈을 뜬 곳이었다. 1898년 스웨어러(서원보) 선교사가 천안, 공주 지역에 파송되어 기독교를 전한 이후, 1899년 설립된 이천의 덕들교회에서 복음을 받아들인 박해숙 전도사가 목천 사자골에 교회를 세운 것으로 알려져 있다. 이 외에도 이 지역은 신간회 회원이자 수양동우회 사건으로 옥고를 치렀으며 1960년 민주당 대선후보였던 조병옥(1894~1960) 박사의 고향으로 유명하다.

만세운동 당시 유관순은 만 16세였다. 1919년 3월 1일 유관순은 서울에서 일어난 만세시위운동에 참여했다. 3월 5일에는 남대문역(서울역) 학생단 시위운동에도 참여했다. 3월 10일 전국 학교에 휴교령이 내리자 13일 유관순은 고향 목천으로 내려가 인근 촌, 면을 찾아다니며 지역 사람들을 설득했고 광목으로 태극기를 만들어 만세시위운동을 조직했다. 시위 모의는 일요일 밤 예배가 끝난 예배당에서 이루어졌다. 1919년 3월 31일 매봉산에는 다음 날 거사를 알리는 봉화가 올랐고 이에 응답하는 봉화가 24곳에서 올라왔다.

아우내 장터 만세운동은 서울보다 한 달 늦은 4월 1일 시작되었다. 이에 앞서 3월 13일 목천보통학교 학생 120명이 교정에서 태극기를 흔들며 대한독립만세를 외쳤다. 헌병대는 주모자 4명을 체포하고 공포를 쏘며 시위대를 해산시켰다. 목천·병천 지역의 첫 시위였다. 이 외에도 3월 20일 입장 장날에는 광명공립보통학교 여학생들의 주도로 교사와 학생들이 시위를 벌였고 마을 주민들도 합세했다. 3월 28일에는 직산 금광회사에 근무하는 광부 200여 명이 곡괭이를 들고 주재소에 들어가 무기 탈취를 시도했다. 3월 29일에는 천안 읍내에서 3000여 명의 군중이 독립만세를 부르며 시가지를 행진했다. 3월 30일에는 입장면에서 시위운동이 일어났다.

연이은 만세운동으로 일본 헌병대가 긴장한 가운데 마침내 4월 1일 아우내(병천) 장날에는 장꾼을 가장한 만세꾼들이 시장에 북적거렸다. 장터는 일제의 눈을 피해 많은 사람들을 모을 수 있

14. 유관순의 만세운동 —충남 매봉교회

는 곳이었다. 목천을 비롯한 안성, 진천, 청주, 연기 등지에서 인파가 몰려들어 아우내 장터에는 여느 장날과 달리 군중의 수가 점차 늘어났다. 약속한 오후 1시 매봉교회 교인 조인원(조병옥의 부친)이 독립선언서를 낭독하고 유관순을 선두로 한 수천 명의 군중이 품에서 태극기를 꺼내 흔들며 조선독립만세를 외쳤다. 이들은 만세를 외치며 병천 헌병소로 향했다. 일본 헌병과 보병 증원대는 인파를 향해 무차별로 총검을 휘둘렀다. 장터는 순식간에 아수라장이 되었고 수십 명이 쓰러지고 죽어 나갔다. 아우내에서는 이날 하루 19명이 죽고 30여 명이 중상을 입었다. 유관순의 아버지 유중권과 어머니 이소제는 창에 찔린 채, 머리채를 잡혀 끌려가는 딸을 발견하고 쫓아가며 만세를 절규하다가 현장에서 사망했다. 헌병의 발포로 흩어졌던 군중들은 다시 유관순을 선두로 유중권의 시신을 떠메고 주재소로 몰려가 항의를 했다.

만세운동으로 인근 마을과 유관순 일가는 풍비박산이 났다. 숙부 유중무, 오빠 유우석은 유관순과 함께 투옥되었다(유우석은 1927년 원산청년회 활동으로 다시 일제에 체포되었다). 유관순의 할아버지는 경황이 없는 중에 큰아들과 며느리 시신을 수습해 장례를 치르고는 감옥에 갇힌 둘째 아들과 손자 손녀를 남겨두고 그해 6월 세상을 떠났다. 유관순의 남은 동생들은 생사를 알 길이 없었다. 일찍이 기독교를 받아들이고 딸까지 서울에 보내 근대 교육을 받게 한 개화된 집안에서 3대에 걸쳐 독립유공자가 9명(유중권, 이소제, 유중무, 유우석, 유관순, 유예도, 조화벽(강원도 양양에서 만세운동을 주도했으며 유관순의 어린 두 동생을 돌봐준 인연으로 후에 유우석과 결혼했다), 유제경, 한필동 (유관순의 이종 조카, 광복군에서 활동))이나 나왔다는 사실은 당시 이 집 안이 얼마나 처참하게 몰락했는지를 증명해준다. 이 외에도 유빈 기, 유경석, 노마리아 등 유관순의 가계에는 일제에 항거한 애국 지사, 계몽활동가가 수두룩했다.

서대문 형무소

유관순은 공주재판소에서 5년 형을 선고받았다. 민족대표 33인이 받은 최고 형량이 3년이라는 점을 감안할 때 만세운동 주 동자라 하더라도 평화적인 시위대에 내린 형벌치고는 형량이 무 거웠다. 그것은 유관순이 시위운동에 열성적으로 앞장섰으며 재 판과정에서도 독립운동의 정당성을 외치며 순순히 협조하지 않 았기 때문이다. 유관순은 항소하여 경성복심법원에서 3년 형을 선고받았다.

3·1만세운동으로 서대문형무소는 만원이었다. 500명 정원에 3000명이 넘는 죄수들이 수용되어 있었다. 1908년 일제 통감부 가 지은 서대문형무소는 구한말 의병투쟁과 1911년 105인 사건 등으로 이미 포화상태였다. 당시 자료에 의하면 전국의 감옥은 평당 4.7명이 수감되어 있는 열악하기 그지없는 환경이었다. 식 사는 9등급으로 엄격하게 구분해 사상범은 5등급 이하의 식사만 제공받았다. 한 끼 270그램 이하, 하루 764킬로칼로리는 절대적

인 영양부족과 굶주림에 노출될 수밖에 없는 조건이었다.

독립운동가들의 성지라 할 수 있는 서대문형무소는 당시 수감자의 절반 이상이 20대 청년이었다. 지지자들은 감옥 앞 인왕산과 뒷산에 올라가 태극기를 흔들고 봉화를 올리며 수감자들의 용기를 북돋웠다. 감옥 안에서도 큰 소리로 독립운동의 필연성을 연설하고 박수로 호응하며 서로 사기를 돋웠다. 유관순도 수시로 독립만세를 외치다 끌려 나가 구타를 당했다.

만세운동 1주년인 1920년 3월 1일에는 유관순의 주도로 대대적인 옥중 만세운동이 일어났다. 오후 2시 유관순이 독립선언서를 낭독하고 조선독립만세를 외치자 여기저기 다른 감방에서 만세 소리에 호응했고, 3000명이 넘는 수감자들이 외치는 만세 소리가 서대문형무소를 흔들었다. 유관순의 두 번째 3·1만세운동이었다. 폭력과 공포의 공간인 감옥에서도 그의 의지는 꺾이지 않았다.

유관순은 주동자로 지목되어 무자비한 구타를 당했고 주먹질과 발길질에 방광이 터졌다. 그는 체포 당시의 중상과 열악한 수감환경, 영양실조에 방광까지 다친 몸으로 힘겹게 버티다 결국 1920년 9월 28일 서대문형무소에서 죽음을 맞이했다. 유관순의 시신은 이화학당으로 전달되었고 이화학당은 비단으로 수의를 만들어 입히고 장례식을 치렀다.

열사는 비석도 표식도 없이 이태원 공동묘지에 안장되었으나 이 묘지 또한 일제의 도시개발로 완전히 사라지게 되었다.

1923년 일제는 유관순의 모 교회이자 시위운동을 모의한 매봉교회(지령리 교회)를 폐쇄해버렸다.

> 터졌구나 터졌구나 조선독립성
> 십 년을 참고 참아 이제 터졌네
> 삼천리의 금수강산 이천만 민족
> 살았구나 살았구나 이 한 소리에
> 만세 만세 독립 만만세
> 만세 만세 독립 만만세
> ―〈독립가〉

매봉교회와 유관순 기념관

멀리서 바라보는 유관순 생가와 매봉교회 풍경은 평화롭기만 하다. 삼일절 100주년을 며칠 앞둔 매봉교회는 기념예배를 위한 준비로 바쁘다. 가족 단위의 관광객들이 유관순의 생가를 둘러보며 사진을 찍고 있다. 겨울 추위도 사라진 2월의 마지막 주말이라 햇살이 따사롭다. 현재의 매봉교회는 유관순의 모교인 이화여고가 1962년 지령리 마을과 자매결연을 하고, 열사의 신앙과 애국심을 이어가기 위해 1998년 봉헌한 기념교회이다. 만세운동 당시 일제가 불태워버린 생가도 초가로 말끔하게 재건되어 있다.

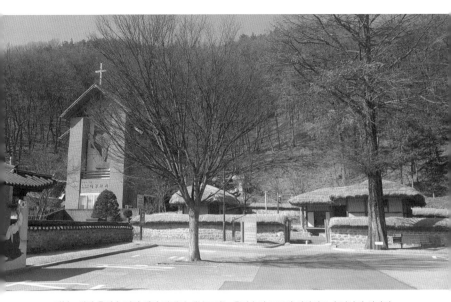

매봉교회와 유관순 열사 생가 현재의 매봉교회는 유관순의 모교인 이화여고가 열사의 신앙과 애국심을 이어가기 위해 1998년 봉헌한 기념교회이다.

아우내 장터 입구에서 병천 순댓국으로 점심을 먹었다. 시장의 규모가 작지 않으나 예전의 장터 같은 활기는 없다. 대로를 중심으로 양쪽에 순대 가게가 들어서 있고 가로등에는 삼일절을 기념하는 태극기가 꽂혀 펄럭인다. 3·1운동 100주년을 맞아 봉화제가 열린다는 현수막이 도로 한가운데 걸려 있다. 구경 삼아 시장을 몇 바퀴 돌아보았다. 100년 전 그날의 함성은 간 곳 없고 손님을 기다리는 한적한 가게들만 줄지어 있다.

생가에서 조금 먼 유관순 기념관 앞마당에는 전국의 신문사와 방송사가 3·1운동 100주년 취재 준비로 붐빈다. 정부는 3·1운

아우내 장터 1919년 4월 1일 아우내 장터에서 유관순을 선두로 한 수천 명의 군중이 태극기를 흔들며 조선독립만세를 외쳤다.

동 100주년을 맞아 유관순 열사의 독립유공자 서훈을 3등급(건국훈장 독립장)에서 1등급(건국훈장 대한민국장)으로 격상, 추가로 서훈했다. 기념관에 걸려 있는 흰 한복의 사이즈가 남달라 보였다. 기록에 의하면 유관순의 신장은 5척 6촌(169.7cm)으로 당시 여학생 평균 신장 150센티미터에 비하면 두드러지게 큰 키였다. 유관순은 어린 시절부터 자기주장이 강하고 지기 싫어하는 성격이었다. 이런 모습은 죽음을 무릅쓰고 만세운동을 기획하고 실행하는 가운데 그대로 나타났다. 또한 여성의 사회활동이 제한되었던 시대에 사회문제에 주도적으로 앞장섰다는 점을 생각하면 유관순의 행

14. 유관순의 만세운동 ―충남 매봉교회

	시위 횟수	참자가 수	사망자 수	부상자 수	피해자 수
경기도	297	665,900	1,472	3,124	4,680
충청도	156	120,850	590	1,116	5,233
전라도	222	294,800	384	767	2,900
경상도	228	145,498	2,470	5,295	10,085
강원도	57	99,510	144	645	1,360
함경도	101	59,850	135	667	6,215
평안도	315	514,670	2,042	3,665	11,610
황해도	115	92,670	238	414	4,218

3·1 만세운동 현황

적은 매우 특별난 점이 있었다. 실제로 3·1만세운동과 투옥을 계기로 집안에서만 머물던 조선의 여성들은 급속히 사회화되었으며 사회적 존재로서의 첫 기반을 얻었다고 해도 과언이 아니다.

유관순 기념관에는 전국의 3·1운동 현황이 정리되어 있다. 가장 눈에 띄는 점은 만세운동에 자발적으로 참여한 수가 각 도마다 적게는 5만 9850명에서 많게는 66만 5900명에 이르고, 사망자와 부상자 또한 적게는 789명에서 많게는 7765명이 넘었다는 것이다. 시위 횟수도 57회에서 315회에 이르렀으니 그야말로 전국 각 지역의 민중이 합심해서 동시다발로 일제의 무력통치에 평화적으로 저항한 사건이었다. 비폭력운동은 수동적이고 소극적인 운동이 아니라 전 국민의 정신을 새롭게 일깨우는 적극적이고 능동적인 운동이었다. 3·1운동은 3월 1일에 시작하여 5월까지 계속되었고, 학생, 종교인, 농민, 유학자, 기생 등 전국에서 100만 명 이상이 참여했다.

3·1운동은 세계 곳곳의 식민지에서 일어난 투쟁 중에서도 가장 높이 평가할 만한 사건이었다. 질서를 지키며 평화적으로 자주독립의 의사를 표명한 시위였기에 오히려 더 폭발적인 효과를 가져왔다. 또한 사상과 종교, 계급과 남녀노소의 구별 없이 전국의 모든 민중들이 자발적으로 참여한 범민족적인 운동이었다.

3·1운동은 같은 해 5월 4일 중국의 천안문 광장에서 일어난 5·4운동에 깊은 영향을 미쳤고, 인도의 간디가 비폭력주의 운동을 지속적으로 실천해 나가는 데에도 상당한 영감을 주었다. 이뿐만 아니라 3·1운동은 만세 사건 후 상해를 거쳐 독일로 망명한 이미륵과 같은 인물들을 통해 나치 저항운동에 앞장선 뮌헨 대학교의 후버(Kurt Huber, 1893~1943) 교수와 백장미단 사건에도 의미 있는 영향을 끼쳤다. 현재 뮌헨 교외의 쿠르트 후버 거리에는 후버 교수와 이미륵의 동판이 나란히 걸려 있다.

3·1운동은 칠흑 같은 어둠 속에서 여명을 알리는 새벽 종소리였다. 그러나 다시 생각해보면 부당한 폭력에는 폭력으로 맞서는 것도 정정당당한 방법이 아니었을까? 히틀러 암살 사건에 가담했다가 처형당한 디트리히 본회퍼 목사는 사고의 세계로 도망치지 말고 실천적 행위로 나아갈 것을 요구했다.

예수는 혁명가였고 천하고 멸시받고 수난당하는 자들의 대변인이었으며 가난한 자들의 친구였다. 진정한 기독교 정신은 현실

에 등 돌리지 않고 세상에 몸을 던져 불의에 저항하고 진리와 정
의를 고수하며 사랑을 실천해 나가는 정신이다.

15.

숲속의 예배당

한때 그토록 찬란했던 광채가

이제 내 눈에서 영원히 사라져버렸다 한들

초원의 빛, 꽃의 영광 어린 시간을

다시는 불러올 수 없다 한들

우리는 슬퍼하지 않으리, 차라리

뒤에 남은 것에서 힘을 찾으리라

지금껏 있어 왔고 앞으로도 영원히 있을

근원적인 공감에서

고통으로부터 솟아나와

인간을 어루만지는 생각에서

죽음을 넘어서는 신앙에서

지혜로운 정신을 가져오는 세월에서

15. 숲속의 예배당

—윌리엄 워즈워스, 「어린 시절의 회상으로부터 영생불멸을 깨닫는 노래」 중에서

어느 날은 아침에 일어나자마자 문득 이 시가 떠오른다. 마음이 갑갑할 때마다 산기슭을 걷는다. 햇살을 받아 반짝거리는 숲을 올려다보노라면 워즈워스(William Wordsworth, 1770~1850)의 이 시구가 떠오른다. 무한한 시간 속을 일렁이는 나무들과 그것을 바라보고 있는 한 장의 이파리 같은 존재를 돌아본다.

산기슭을 걸으며 생각한다. 워즈워스의 시처럼 순간은 영원하고 영원은 순간에 닿아 있으며, 부분은 전체이고, 삶의 이 무한함은 가장 작기도 하고 크기도 하여 우주 저 끝 하나님의 세계에 닿아 있다는 것을. 날카롭게 꽂히던 광채는 지금도 여전히 저 너머의 세계를 향하고 있다는 것을. 그 무한에 이끌려 지금도 살아가고 있다는 것을.

우거진 숲속으로 들어가 쓰러진 나무 등걸에 앉으면 마음이 편해진다. 하늘로 치솟은 나무들과 비껴드는 햇살, 빛을 투영하는 나뭇잎. 숲은 물속처럼 깊고 고요하다. 이름 없는 골짜기에서 아이같이 순수한 마음으로 돌아간다. 나뭇가지와 잎사귀들이 들려주는 알 듯 말 듯한 노래에 귀를 기울인다. 우듬지에서 들려오는 바람 소리는 성가대의 허밍처럼 숲을 경건한 장소로 만든다.

숲은 주랑이 늘어선 아고라이기도 하다. 내가 살고 있는 세계의 좁은 귀퉁이에서 나는 가끔씩 산에 올라가 숲이 베풀어주는

지혜와 통찰을 배운다. 나무 등걸에 앉아 숨을 고르며 덤불과 바위틈마다 드리워진 어둠의 내력을 살펴본다. 축대와 봉분이 무너져 내린 무덤들을 보며 무한 속으로 천천히 밀려가고 있는 시간을 생각한다.

마르쿠스 아우렐리우스는 "이 엄청난 우주 속에서 기억하는 것도 기억되는 것도 모두 하루살이"라고 했다. "이 무한의 시간 속에서 사흘을 산 아이와 세 세대를 산 노인 사이에 아무런 차이가 없다"고 했다. 우주와 지구의 나이, 우리 뒤에 있던 무한한 시간과 우리 앞에 올 무한한 시간을 생각하면 저절로 겸허해질 수밖에 없다. 무거운 마음으로 올라왔다가 잡다한 것들을 털어내고 가벼운 몸이 되어 내려간다. 자연 속에서 고요한 시간을 가질 수 있어서 한동안 충족된 마음으로 살아간다.

숲을 모방한 사원

울창한 숲은 사원의 모습을 하고 있다. 유럽의 대성당들은 대부분 숲의 형상을 모방했다. 사원을 떠받치는 열주는 거대한 나무 기둥이며 둥근 궁륭은 빽빽이 우거진 나뭇가지와 잎을 형상화하고 있다. 스테인드글라스는 비껴드는 빛으로 말씀을 상징화한다. 첨탑은 하늘을 향한 무한한 소망을 담았다. 첨탑의 가장 높은 곳에는 여러 개의 종이 매달려 있어 30분 간격으로 종소리가 울려 퍼진다. 종소리에 맞춰 비둘기 떼가 하늘 높이 솟아오른다. 음

존 컨스터블, 〈나무 사이로 보이는 이스트 버그홀트 교회〉, 1817

높이가 각기 다른 종소리는 날마다 아름다운 소리로 하나님을 찬미하는 성가이다. 이 성가는 마을과 도시, 골짜기와 들판으로 퍼져 나간다.

대사원은 아름다운 건축물뿐만 아니라 조각상과 그림, 성체와 성인들의 유물, 촛불, 신자들의 기도, 성가가 어우러져 인간이 누대로 쌓아온 지식과 기술문명, 문화와 예술, 믿음과 구원에 대한 열망을 총체적으로 보여준다. 인간은 하나님을 보고자 하는 열망으로 대사원과 첨탑을 건축하고 화려한 궁륭을 설계했으며 조각상과 스테인드글라스를 만들고 그림을 그렸다. 보이지 않는 세계에 대한 열망이 시각예술을 만들었다면, 들리지 않는 세계에 대한 열망은 음악을 만들었다. 이처럼 아름다움은 영적이고 정신적인 것이다.

믿음은 들음의 영역이다. 오래된 사원은 숲의 형식을 하고 있으며 들음을 강조한다. 높은 궁륭은 성가가 퍼져 나갈 수 있는 공명의 공간을 고려했다. 대사원이 모방하고자 한 숲의 소리는 새소리, 바람 소리, 풀벌레 소리, 나뭇잎 소리, 시냇물 소리, 번개와 천둥, 폭풍우 치는 소리였다. 이것은 생명의 소리이며 인간을 치유하고 정화하는 자연의 소리이다. 자연 속에는 신성이 깃들어 있다. 자연의 소리는 신의 음성에 가장 가까운 소리이다. 숲이 한 권의 방대한 책이라면 대성당 또한 수많은 도상과 상징으로 가득 찬 한 권의 두꺼운 책이며 노래로 가득 찬 악보이자 악기이다.

숲은 묵상하기 좋은 곳이다. 숲속을 걸으며 울창한 나무 사이로 하늘을 올려다본다. 나무 기둥과 잎사귀들의 장막을 넘어 초월의 공간을 느낀다. 세계의 웅대함과 깊음을 생각한다. 숲속에서 가장 순수하고 온전한 인간으로 돌아간다.

무교회주의 운동

한국의 무교회주의 운동은 일찍이 일본의 무교회주의 운동의 창시자 우치무라 간조의 문하에서 공부했던 김교신, 함석헌, 양인성, 송두용, 류석동 등이 시작했다. 이들은 비슷한 시기에 유학을 마치고 귀국하여 1927년《성서조선》을 창간하고 성서를 공부하는 조선성서연구회를 만들어 기성 교회의 예배의식을 벗어난 신앙공동체로서의 활동을 전개했다.

무교회주의는 제도권 교회의 교회중심주의와 교권주의, 형식주의에 반대하는 신학사상이다. 무교회주의는 교회 유무나 성직자 유무에 상관없이 신자는 하나님 앞에 독립된 존재로서 하나님을 직접 체험하는 믿음과 구원이 가능하다는 사상으로 복음주의 전통에 근거한다. 이들은 일제하에서 조선 민족의 기독교를 만들고자 하였으나 기성 교회의 반발을 불러일으켰다. 1942년 조선의 현실을 물속에서 얼어 죽은 개구리에 비유한 권두언 「조와(弔蛙)」가 민족 부활의 소망을 의미하는 것이라 하여《성서조선》이 강제 폐간되고 김교신이 1년간 옥고를 치르며 조선성서연구회는 해산되었다.

한국의 슈바이처로 불리는 장기려 박사는 기성 교회의 세속화를 고민하며 '부산 모임'이라는 작은 모임을 시작해 교회 없는 교회를 발족했다. 이들은 성경 공부에 힘을 쏟고 무소유를 추구했으며 예수의 삶을 본받고자 했다.

교회의 대형화와 세속화에 반발해 교회를 나가지 않는 속칭 가나안(안나가) 교인들이 늘고 있다고 한다. 일요일에 출근해야 하는 서비스업 종사자를 위한 월요예배는 대부분 교회가 아닌 장소를 빌려서 이루어지고 있다. 일요일마다 자연으로 나가 자연 속에서 창조의 아름다움을 느끼며 예배를 드리는 모임도 있다고 한다. 신자들이 모여서 예배하고 기도하는 곳이라면 그곳이 어디든 예배당이 아닌가. 자연은 그 자체로 숭고한 최초의 예배당이 아닌가.

우리는 어디에서 왔는가? 어디로 갈 것인가?

내가 땅의 기초를 놓을 때 너는 어디 있었느냐?

네가 깨달아 알았거든 말하라

누가 이 땅을 설계하였느냐?

누가 줄을 치고 금을 그었느냐?

누가 문을 닫아 바다를 가두었느냐?

네가 바다의 근원에 들어가 보았느냐 깊은 물밑으로 걸어 다녔느냐?

사망의 문이 네게 나타났느냐 사망의 그늘진 문을 네가 보았느냐?

광명의 처소는 어느 길로 가며 흑암의 처소는 어디냐?

너는 흰 눈을 저장해둔 창고에 들어가 보았느냐?

네가 우박 창고를 보았느냐?

네가 묘성을 묶을 수 있느냐?

오리온 띠를 풀 수 있느냐?

네가 별자리들을 제때에 나오게 하고

북두칠성을 다른 별들에게 이끌어 갈 수 있느냐?

—「욥기」 38

　신은 존재하는가? 과학자와 종교계의 지도자는 우주와 생명에 관한 최초의 질문이자 최후의 질문이라 할 수 있는 이 질문으로 끝없는 논쟁을 벌인다. 몇 년 전 옥스퍼드 대학교 교수 리처드 도킨스와 캔터베리 대주교 로완 윌리엄스가 벌인 설전에서 대주교는 '신을 사랑과 수학의 결합체라고 말하자'고 답했다. 대주교의 추상적인 답처럼 초월적인 존재를 인간의 이성과 논리로 논하기는 쉽지 않을 것이다. 끝없이 이어온 논쟁에도 불구하고 신이 존재할 가능성은 여전히 있으며, 과학은 신이 없다는 증거를 여전히 내놓지 못하고 있다.

　영국의 비평가 토머스 칼라일(1975~1881)은 「욥기」를 가리켜 문학적으로 완벽해 겨룰 만한 작품이 없다고 했다. 하지만 「욥기」를 문학으로만 이해하지 않는 독자들은 명확하지 않은 상징의 숲에서 길을 잃고 헤매기도 한다. 「욥기」를 다시 읽으며 비논리와 비이성, 질문으로 가득 찬 기독교의 가르침을 생각한다. 또 무서운 속도로 질주해 나가는 기술시대의 미래를 생각해본다.

　욥기는 선과 악, 죄와 벌, 신과 인간에 대해 수많은 질문을 던진다. 하나님 앞에서 인간은 어떤 존재인가? 왜 선한 사람이 고통을 당하고 악인은 형통한가? 왜 하나님은 선으로 가득 찬 세상을 만들지 않았을까? 하나님은 선과 악의 동일체인가? 인간은 언제까지 선과 악의 길항 속에서 번민하며 살아가야 하나?

하나님은 욥의 울부짖음에 침묵하다가 마침내 회오리바람 가운데 나타났다. "내가 땅의 기초를 놓을 때 너는 어디 있었느냐? 누가 이 땅을 설계하였느냐? 누가 줄을 치고 금을 그었느냐?" 하나님은 도리어 질문을 통해 오래도록 인간이 해온 질문에 답한다.

그것은 선이 악을 극복할 수 있다는 것과 궁극적으로 악은 선에 수렴된다는 것이다. 진리는 보여주는 것이 아니라 들려주는 것이다. 믿음은 보이는 세계를 믿는 것이 아니라 보이지 않는 세계를 믿는 것이다. 보이는 세계를 믿는 것은 믿음이라고 할 수 없다. 보이는 세계만큼 불완전하고 불확실한 것도 없다. 믿음은 이성이나 논리의 세계가 아니다. 또한 세계는 논리와 이성만으로 다 설명할 수 없다. 선은 악을, 아름다움은 악을 필요로 한다. 욥의 울부짖음과 호소는 재와 티끌에 관한 것에 불과했다.

믿음과 관련한 이런 기사를 읽었다. 인디애나 대학교 대체의학 연구소의 캔디 브라운은 브라질과 아프리카 등지에서 유독 많이 일어나는 치유의 기적에 대해 조사했다. 기도를 받은 시각장애인과 청각장애인을 추적 조사한 결과, 기도 후 짧게는 10년, 길게는 30년까지 호전 상태가 지속된 것으로 나타났다. 기도가 병자들을 고칠 수 있다는 실험은 사실이었다. 하지만 그 과정은 미스터리였다. 과학에는 기적이 없고 단지 '플라시보 효과'가 있다. 플라

폴 고갱, 〈우리는 어디에서 왔는가, 우리는 누구인가, 어디로 가는가〉 부분, 1897~1898

시보 효과는 믿음의 효과이다. 믿음은 사람을 변화시킨다. 실제로 영적인 체험은 육체와 뇌를 변화시키고 전두엽을 활성화해서 엄청난 희열과 행복감을 준다고 한다.

　이 비논리와 무심의 세계를 이해하기 위해 나 역시도 오래도록 회의하고 괴로워한 것이 아닌가. 또한 꼬리에 꼬리를 무는 질문이 없었다면 훨씬 부족한 모습으로 좁은 세계를 허우적거리고 있었을 것이다. 어떤 측면에서 종교야말로 인간의 가장 이성적인 활동이라 할 수 있다. 헤겔은 종교에 대한 이성적인 번역이 필요하다고 했다. 이것은 초월적인 것을 합리적으로 풀이해내는 과정이다. 종교는 예술과도 유사하다. 종교와 예술은 전혀 새로운 지평을 접촉하는 통로이며 새로운 감동과 새로운 해석이 만나는 장이다. 인간은 새로운 세계를 직관하고 느낄 때 새로운 존재로 태어난다.

길고도 짧은 순례를 마치며 슈바이처가 던져준 명제에 다시 밑줄을 긋는다. 이것은 내 고민이 오로지 나만의 고민이 아니라는 사실을 깨닫게 해주었다.

> 나무에 열리는 과일은 매년 같은 열매이면서도 언제나 새롭듯이 항구적인 가치를 지니는 모든 이념도 사고에 의해 언제나 새롭게 산출되어야만 한다.
> —알베르트 슈바이처, 『나의 생애와 사상』(천병희 옮김, 문예출판사, 1975), 276쪽

우주는 끝없이 팽창을 계속하고 있다. 1977년 지구를 떠난 우주탐사선 보이저호가 2013년, 36년 만에 태양계를 벗어나 인터스텔라(성간星間 우주)에 진입했다. 지구의 언어와 음악, 문명의 표시들을 싣고서 우주 어딘가에 있을 심연 속의 존재가 우주에서도 한참 변두리, 태양계 한 귀퉁이에 사는 우리 인간을 알아주기를 기대하며. 지구와 보이저 1호 사이의 거리는 약 205억 킬로미터이다. 태양처럼 스스로 빛을 내는 별을 만나려면 수만 년의 시간을 더 날아가야 한다.

우리은하에는 2000~4000억 개 이상의 별들이 있다. 우주에는 우리은하와 같은 별들의 집단이 수천억 개가 넘는다고 한다.

우리은하의 지름은 약 10만 광년, 빛의 속도로 10만 년을 날아가야 이쪽 끝에서 저쪽 끝에 닿을 수 있다. 태양계는 우리은하의 중심에서 약 3만 광년 떨어져 있다. 망원경으로 관측 가능한 우주는 약 150억 광년이라고 한다. 망망대해처럼 펼쳐진 우주의 신비를 생각할 때마다 티끌보다 더 작은 인간의 왜소함을 다시 느낀다.

우리가 아는 세상은 우주의 지극히 일부분에 불과하다. 그래서 나의 기도는 늘 아우구스티누스(Aurelius Augustinus, 354~430)의 고백을 모방한다. "그리하여 당신은 항상 현재하는 영원의 높이에 계시며, 지나간 모든 시간에 앞서 가시며, 다가오는 모든 미래를 능가하십니다."

예배당 순례

초판 1쇄 인쇄 2020년 9월 10일
초판 1쇄 발행 2020년 9월 17일

지은이 서영처
펴낸이 이수철
주 간 하지순
디자인 권석중
마케팅 안치환
관 리 전수연

펴낸곳 나무옆의자
출판등록 제396-2013-000037호
주소 (03970) 서울시 마포구 성미산로1길 67 다산빌딩 3층
전화 02) 790-6630 팩스 02) 718-5752
페이스북 www.facebook.com/namubench9
인쇄 제본 현문자현

ⓒ 서영처, 2020

ISBN 979-11-6157-109-6 03810

* 나무옆의자는 출판인쇄그룹 현문의 자회사입니다.
* 이 책의 전부 또는 일부 내용을 재사용하려면
  사전에 저작권자와 도서출판 나무옆의자의 동의를 받아야 합니다.
* 이 도서의 국립중앙도서관 출판예정도서목록(CIP)은 서지정보유통지원시스템
  홈페이지(http://seoji.nl.go.kr)와 국가자료공동목록시스템(http://www.nl.go.kr/kolisnet)에서
  이용하실 수 있습니다. (CIP제어번호 : CIP2020037610)